COLLECTION FOLIO

Didier Pourquery

Petit éloge
du jazz

Gallimard

© *Éditions Gallimard, 2018.*

Didier Pourquery est né en 1954 à Floirac, en Gironde. Diplômé de l'Institut d'études politiques de Paris et de l'ESSEC, il a notamment travaillé à *Libération*, à *Metro*, à *La Tribune* et au *Monde*. Il est le seul ancien directeur adjoint de la rédaction du *Monde* à avoir été auparavant éditeur de *Voici* et *Gala*. Il a écrit ses premiers articles sur le jazz en 1976 dans la revue *Jazz Blues & Co*. Depuis 2015, il est directeur de la rédaction du site *The Conversation* France. Il est l'auteur d'une dizaine de textes dont plusieurs essais (*Chasseurs de têtes* en 1985, *Parlez-vous business* en 1986, *Le Bazar des nouveautés* en 1990, *En finir avec l'ironie* en 2018), un roman (*Opération short list* en 1994) et un récit, *L'Été d'Agathe*, en 2016.

Lisez ou relisez les livres de Didier Pourquery en Folio :

LES MOTS PASSANTS DE TOUS LES JOURS (Folio entre guillemets n° 10)

Au fait, lorsqu'on y pense, ce sont bien les Français les responsables du jazz. Sans nos vaillants ancêtres qui déportaient les Noirs d'Afrique, nous n'aurions pas le jazz aujourd'hui. Suggérons, à l'occasion, à ceux de nos contemporains pour qui la musique s'arrête à Bach, que le jazz a été préparé dès cette époque par ces grands ancêtres eux-mêmes.
Ça les rendra furieux. Toujours ça de pris.

BORIS VIAN, *Jazz Hot*, mars 1954.

Avertissement

« Oh, noooon ! C'est du jazz, ce soir ! »
Je l'ai écrit pour vous, cet éloge du jazz. Pour vous, jeune femme croisée à l'entrée de cette salle parisienne. Vous aviez l'air contrariée comme un enfant devant une assiette de brocolis. Il me semble pourtant que si vous étiez restée, le concert vous aurait plu. Cet éloge du jazz est pour vous. Je vous assure, vous allez la trouver *excellente*, cette musique. Je veux imaginer que ma passion est contagieuse. Promis, ce n'est pas celle d'un collectionneur de timbres, d'un géomètre des sons, pas celle d'un illuminé coincé dans ses nostalgies, ni celle d'un spécialiste de sa spécialité. C'est une passion douce et joyeuse, libre et détendue, dont je pense qu'elle peut se partager.

Mon éloge est un dithyrambe totalement subjectif, sincère et ressenti, un discours « pour l'édification commune », ainsi qu'il est écrit dans les manuels de rhétorique. Il ne cherche pas à plaire aux critiques ou aux chroniqueurs. Il s'adresse aux lecteurs qui veulent découvrir le jazz, à ceux qui l'aiment un peu mais de loin ; aux simples enthousiastes, aussi, ces ravis du jazz, comme moi, qui communient dans la ferveur d'un solo de sax, d'une envolée de trompette, d'un murmure de basse... Mais c'est surtout un éloge pour toutes celles et tous ceux qui pourraient aimer le jazz, qui n'en sont pas si loin, qui s'en approchent... et qui vont l'aimer !

« Pour ceux qui aiment le jazz » était le nom de l'émission de Frank Ténot et Daniel Filipacchi sur Europe 1. Elle a tenu de 1955 à 1971. Un bail. N'en concluez pas que le jazz, c'est du passé. Frank Ténot a créé en 1999 — autant dire beaucoup plus tard — une station dédiée au genre, TSF Jazz, hautement recommandable tous les jours. Sa passion du jazz n'avait d'égale que son bonheur de le partager. Il fut aussi, très jeune, en 1944, président du Hot Club de France à Bordeaux. Bordeaux, ma ville, est une ville qui swingue. Ne riez pas, c'est un fait historique. Nous y reviendrons.

Pour moi en tout cas, le jazz s'est envolé d'abord d'une radio : des ondes de Paris Inter, puis d'Europe 1 et surtout de France Musique. Ce fut au début le Radiola de mes grands-parents, trônant sur un buffet. Et moi juché sur une chaise pour mieux entendre, de plus près. Puis, il y eut mon gros poste à lampes Grammont, un meuble avec pick-up dans un tiroir, énorme, dans ma chambre minuscule. Après, vint le transistor tout en plastique beige, avec une oreillette rouge (moderne !). Et enfin la fameuse chaîne HiFi des années 1970 achetée sur les boulevards à Paris, chez King Music ; une chaîne dont j'avais sélectionné avec soin les éléments, tous de marques différentes — sinon ça faisait ringard. J'avais surtout bien choisi le tuner, pour pouvoir capter *toutes* les émissions de jazz, sans exception. Cette habitude ne m'a jamais quitté, et aujourd'hui, j'écoute encore la radio : TSF Jazz, FIP et France Musique, entre autres. La radio, c'est pour tout le monde. Un média gratuit. Il suffit de l'allumer.

Ce soir, c'est une retransmission particulière que je vous propose, un *all-stars band*, avec des musiciens en *live* et d'autres en duplex du paradis. Certains joueront en direct de mon imaginaire. Ils prendront des solos. Moi aussi. Ils improviseront. Moi aussi. *Big band* fantasmé : tous ceux que j'aime seront là. Je suis le producteur d'un spectacle unique, rêvé, mon jazz à moi, mêlant toutes les époques et tous les genres. Un grand remix. Ma bande originale devient la retransmission d'un concert géant. Vous verrez, il y a de tout dans cette BO : du sérieux, du lourd et même quelques plaisirs coupables. Parce que le jazz est une musique libre avant tout.

Approchez-vous de mon poste.
Clic.

1. INTRODUCTION

[*Ce serait comme l'intro d'un morceau du pianiste Erroll Garner ; d'abord, on ne sait pas trop où ça va… deux ou trois notes frappées sur le clavier, quelques aiguës égrènent un crescendo jusqu'à un accord, les doigts de la main gauche en rajoutent : c'est asséné, dur ; un son vertical ; ça rebondit, main gauche, main droite, on dirait du Thelonious Monk… Sait-il seulement où il va, l'auteur de cet éloge du jazz ? Déjà, il improvise, dirait-on… Ça s'annonce comme un livre d'amateur qui cherche à jouer sa partition, malgré tout ; oui c'est ça, un amoureux du jazz voulant poser des notes sur sa passion, un chant panégyrique. Le jazz est une expérience très personnelle, ce serait l'éloge de* son *jazz. On reconnaît une citation d'un autre morceau, puis…*]

L'histoire commence en banlieue bordelaise. Je suis né le 31 mai 1954. Le lendemain soir, très loin de la rive droite de la Garonne, à la salle Pleyel, s'ouvrait le troisième Salon du Jazz avec

Gerry Mulligan et son quartet (sans piano) dans un concert culte. Cool et sublime.

Voilà. La magie du jazz est là, tout de suite. Je suis né le 31 mai 1954 mais le Salon du Jazz de la salle Pleyel est aussi réel pour moi que si j'y avais été. Mieux, j'ai tellement écouté les enregistrements de ces concerts, vibré si souvent à cette musique-là, que cette époque m'est plus que familière. J'ai vécu ces moments-là. Je portais même un duffle-coat. Beige, bien sûr.

Au vrai, mon tout premier choc de jazz est un 45 tours du célèbre « Jazz at Massey Hall » enregistré en mai 1953, à Toronto, par Charlie Parker, Bud Powell, Dizzy Gillespie, Charlie Mingus et Max Roach. Tous les amateurs connaissent ce disque (aussi « culte » que le Gerry Mulligan cité plus haut). Pour ceux qui ne le situent pas, j'explique : sur scène, dans une grande salle de Toronto, les créateurs du bebop[1], soit la première révolution qu'ait connue le jazz. La seule fois où ces cinq musiciens ont joué ensemble. Pour la petite histoire, Charlie Parker n'avait pas apporté son instrument et avait dû emprunter un sax alto en plastique. L'ambiance entre les cinq musiciens était moyenne et il y avait ce soir-là un match de boxe qui attirait la foule ailleurs... Les conditions

---

1. Au début des années 1940, quelques musiciens en réaction à l'ère swing, trustée par les grands orchestres commerciaux, lancent le bebop, ou bop. Charlie Parker, Thelonious Monk, Dizzy Gillespie sont les héros du bop. Les clubs de la 52e Rue de New York en sont la scène. Une révolution : on improvise autour des accords (souvent complexes) et non plus de la seule mélodie. L'improvisation devient le cœur du jazz.

n'étaient pas idéales et pourtant, lorsque Mingus et Roach ont posé leurs magnétos sur la scène et qu'ils ont commencé à jouer, ce concert historique est entré dans la légende.

Je l'ai découvert plus tard, à cinq ans, sur l'électrophone Teppaz de mes tantes.

Ma première impression musicale, donc : ça me faisait bouger dans tous les sens, y compris à l'intérieur. Dizzy Gillespie chantant *Salt Peanuts* était drôle et *Night in Tunisia* me semblait magique, fascinant, mystérieux. Il y avait d'autres disques bien sûr, rangés à côté de la valisette Teppaz beige, dont *Petite Fleur* de Sidney Bechet et Claude Luter, un slow langoureux. La mode en France, comme ailleurs, était au grand retour du *new orleans*[1]. Il y avait même des polémiques entre les amateurs de « vrai » jazz (classique, *new orleans*, swing…) et les tenants du bebop, ses accords complexes et ses rythmes sophistiqués. Dans le mensuel *Jazz Hot*, Boris Vian, défenseur de cette dernière école, se moquait d'Hugues Panassié et de son *Bulletin du Hot Club de France*, ultraconservateur. Je m'en fichais bien (d'ailleurs, pas mal de gens s'en fichaient, je crois). J'étais trop petit pour me soucier de ces débats.

---

1. L'origine du jazz : La Nouvelle-Orléans au tournant du XXe siècle. Dans les années 1940-1950, alors que le bop fait rage, les vieux musiciens *new orleans* redécouverts par les fans de jazz remontent sur scène. Bunk Johnson, Kid Ory, George Lewis et Sidney Bechet redeviennent les stars qu'ils étaient en 1920. En 1946-1947, les jeunes gens de Saint-Germain-des-Prés, dans les caves, dansent aussi bien sur Sidney Bechet que sur le jazz plus contemporain.

Les accords, les mélodies et les envolées de Massey Hall me rendaient fou. Surtout Dizzy Gillespie hilare criant « *Salt Peanuts ! Salt Peanuts !* », avant de se lancer dans un solo incroyable dont je sentais bien qu'il pouvait me faire pousser des ailes.

À côté de ça, il y avait la radio qui commençait à faire une place au jazz et que j'écoutais debout sur une chaise, l'oreille collée au gros poste de la cuisine.

En 1954, l'année de ma naissance, fut lancée l'émission de Jack Diéval, « Jazz aux Champs-Élysées », les jeudis à 13 h puis le soir. Elle eut une longue carrière. Je battais la mesure. Jack Diéval était un bon pianiste, il portait une fine moustache, des lunettes et fumait la pipe. Il programmait de la musique enregistrée pour son émission — pas des disques — et les plus grands jazzmen américains de passage à Paris venaient jouer avec lui. J'apprenais le swing. Et surtout cette idée qu'après avoir joué la chanson on pouvait improviser.

Ma grand-mère, qui m'élevait alors, travaillait chez des Américains du camp tout proche. Nous vivions en banlieue, près de lambeaux de forêts de pins et de vignobles entourés de murs. J'entendais parler de Chicago. C'était flou, mais je m'y voyais. D'autant que dans un de mes livres préférés, le porcelet breton Tintin Gorin se faisait soigner par un âne-dentiste à lunettes « diplômé de la faculté de Chicago ». Chicago. J'en ai tellement rêvé, sur les bords de ma Garonne. J'y suis allé plus tard. Et autant que j'ai pu. Le jazz fait voyager.

Comme je le disais, notre maison n'était pas très éloignée des restes de la forêt qui bordait l'ouest de la ville. L'odeur des pins est associée à cette musique. L'usine de bouteilles, la verrerie, était au bout de notre rue, derrière une pinède rescapée. Pour moi, le jazz a ce parfum. Je ne suis pas le seul. Le sud-ouest de la France a fourni au jazz un fort contingent de fans méticuleux et d'enthousiastes brouillons, de connaisseurs et d'amoureux (de critiques aussi, mais c'est une autre histoire). Ainsi que beaucoup de festivals bien sûr. Le jazz c'était la promesse d'un ailleurs, de quelque chose de très lointain qui se rapprochait.

Très vite, je me fis une place musicale à moi entre un père qui aimait Luis Mariano, ma mère qui écoutait les chanteurs « rive gauche », des copines qui en tenaient pour Bach-Chopin-Mozart et des copains qui ne juraient que par le rock'n roll. De manière générale, ceux qui aimaient le rock étaient plus nombreux à l'école que ceux qui gigotaient sur les accords envoûtants de *Night in Tunisia*. Cette différence me plaisait énormément. J'étais la minorité. Et alors ? Aujourd'hui encore les Français qui disent préférer le jazz à toute autre musique ne sont pas très nombreux (entre 3 et 5 %, selon les sondages). Vive les minoritaires !

Après « Jazz at Massey Hall », l'autre choc pour moi fut, à l'entrée de l'adolescence, le premier concert où je me rendis seul. Lionel Hampton et son grand orchestre au cinéma-théâtre de l'Odéon, à Bordeaux. J'avais ma carte d'abonnement aux « Jam sessions ». J'étais fier. Le rideau s'est ouvert. Hampton a commencé à jouer sa version d'une ballade à la mode : *A Taste of Honey*. J'étais au premier rang du premier balcon. J'ai pleuré. Ça se confirmait, j'avais vraiment trouvé ma musique. Le jazz a, ce soir-là, pris un goût de liberté. Ma liberté, mon choix.

Le reste du concert m'a transporté sur une autre planète. Je n'en suis toujours pas revenu. Évidemment, il y eut d'autres concerts à Bordeaux, Duke Ellington, Miles Davis, Erroll Garner et Charlie Mingus surtout... Mais les premières notes de *A Taste of Honey* par Hampton marquent la magie des origines.

Mon premier album — vraiment à moi — était une compilation : « Les Géants du Jazz Moderne », un 33 tours du label « Mode disques ». Nous étions au tout début des années 1960. Cette compilation enregistrée durant les années 1950 contenait les plus grands : Bud Powell, Dave Brubeck, Dizzy Gillespie... Ceux-là sont restés mon Panthéon personnel, mes références jusqu'à aujourd'hui, quand j'écoute des jeunes jazzmen surdoués. Je suis un homme des années 1950. Je n'y peux rien.

MA DÉCENNIE MAGIQUE

Ma décennie commence avec le bebop, une révolution, et finit par d'autres révolutions un peu plus sérieuses, certes, mais jubilatoires en diable. En 1959, quatre créateurs, Miles Davis, Dave Brubeck, Charlie Mingus et Ornette Coleman lancent, avec quatre albums, quatre bombes qui ont changé le jazz.

1959, c'est d'abord « Kind of Blue » de Miles Davis, réputé pour être le disque de jazz le plus vendu de l'histoire, avec *So What* en ouverture. Mais bon sang écoutez-moi ça ! Les musiciens de « Kind of Blue » deviendront des stars mondiales : Miles l'est déjà, Coltrane arrive et, penché sur son clavier, Bill Evans.

1959, c'est aussi « Time Out » de Dave Brubeck. Le jazz blanc vend ses 45 tours par millions. Je suis en cinquième quand je le découvre, six ans après sa sortie, grâce à Nougaro et à la chanson *À bout de souffle*, qui reprend le *Blue Rondo a La Turk*. Une double claque. Aller-retour. Aller avec Nougaro (le jazz des bords de la Garonne fait swinguer le français comme Trenet dans les années 1930), retour avec Brubeck et tous ses morceaux. *Take Five*, le solo de Joe Morello, celui de Paul Desmond. J'ai passé des heures entières devant ma batterie à essayer de reproduire les rythmes compliqués des compositions de Brubeck... *Tchac, tchac, boom !*

En 1959, Charlie Mingus dans « Mingus Ah Um » met tout le jazz ensemble : passé, présent, futur, gospel, bebop... Et ouvre la voie au free-jazz. Son jazz est en colère[1]. Mingus est

---

1. Pour comprendre Mingus dans tout son génie et sa complexité,

connu pour ses gueulantes homériques. Mais dans ces années-là, il y a de quoi être irascible. Les premiers pas de l'intégration des Noirs se passent dans la douleur. *Fables of Faubus*, un des morceaux de « Mingus Ah Um », dénonce le gouverneur raciste de l'Arkansas, Orval Faubus. En septembre 1957 ce ségrégationniste envoie la garde nationale devant la Central High School de Little Rock pour empêcher les jeunes Noirs d'entrer dans leur lycée « blanc ». Tout le reste de l'album de Mingus oscille entre énergie brute et génie musical.

En 1959, Ornette Coleman enregistre « The Shape of Jazz to Come ». Cela vient de Los Angeles. Le son d'Ornette, c'est celui de la liberté. Il est accompagné de Charlie Haden à la basse et de Don Cherry à la trompette, deux créateurs majeurs eux aussi. Le seul morceau *Lonely Woman* influencera des centaines d'artistes. Puis le groupe d'Ornette Coleman débarque à New York au Five Spot Café à la fin de 1959. Écoutez ce son incroyable, atomique, l'audace totale qui s'en dégage. Imaginez : se planter sur une scène en 1959 à New York et interpréter *ça*, alors que Miles se la joue cool et que Dave Brubeck rend la virtuosité du jazz aimable, c'est déjà révolutionnaire. Et Ornette Coleman n'est même pas en colère, écorché comme Mingus ; il est juste libre et plein

---

le mieux est de lire son autobiographie, *Moins qu'un chien* (*Beneath the underdog*), parue en anglais en 1971 et disponible en français aux éditions Parenthèses. Elle décrit bien sa lutte continue contre le « monde des Blancs ».

d'amour. Créer de nouvelles frontières, oublier le *statu quo*, c'est son programme. Liberté, encore et toujours.

Le jazz est un monde que ces quatre albums de 1959 résument, tout en soulignant par contraste ce qui se passe autour. Pendant que Mingus et Ornette bousculent les codes et explorent des voies nouvelles, des centaines d'orchestres de jazz font swinguer des danseurs. Hampton soulève les foules en Europe avec ses saxophonistes déchaînés qui lorgnent vers le rythm'n'blues. Tandis que le génie, Louis Armstrong, continue de jouer du Louis Armstrong, posant un grand éclat de rire sur la planète.

LE JAZZ EST UN MONDE (QUI REND) HEUREUX

« Voilà une musique à consommer sur place », comme le disait Sartre. En concert donc. On associe d'abord le jazz à des salles fermées plus ou moins grandes : depuis la « boîte » jusqu'à Pleyel en passant par le club, le bar… C'est une ambiance, volontiers sombre et en noir et blanc, comme le clavier d'un piano. On apprécie la musique mais aussi les performances, la virtuosité, le *feeling* des musiciens. Car le jazz se regarde aussi, à l'intérieur… et à l'extérieur.

Pour comprendre que le jazz est une musique heureuse regardez *Jazz on a Summer's Day*, un film de Bert Stern et Aram Avakian tourné au festival de Newport en 1958, non loin des régates, des voiliers de luxe… Situé à équidistance de New York et de Boston, c'est le père de tous les festivals de jazz. Il est né en 1954 (lui aussi…). Son créateur était l'imprésario, pianiste et producteur mythique George Wein, Bostonien pur jus, qui fut tenancier de club de jazz à La Nouvelle-Orléans et professeur d'université avant de gérer stars et concerts. Le festival de Newport se déroule devant la mer. De la mer toute bleue. *Jazz on a Summer's Day* montre cela : un jazz balnéaire heureux. Et une foule de stars sur scène. Louis Armstrong, Thelonious Monk, Chuck Berry, Mahalia Jackson… Le jour et la nuit. De l'improvisation pure et du gospel, du rythm'n'blues joyeux et des sons introvertis. Armstrong jouant *When the Saints Go Marching In* comme il se doit et Anita O'Day dynamitant en douceur *Tea for Two*. Un jazz de plaisir, une musique paisible. Une cigarette en revenant de la plage avant d'aller écouter George Shearing, Jimmy Giuffre, Jim Hall, Chico Hamilton, Sonny Stitt, Dinah Washington, Max Roach… Vous ne connaissez pas tous ces noms ? Pas grave, écoutez-les et observez-les dans l'écrin de Newport[1].

---

1. Comment faire ? Rien de plus simple : allez sur YouTube et tapez « *Jazz on a Summer's Day* full movie ».

2. EXPOSITION DU THÈME

Il faut bien en passer par là. Vient un moment où l'on se pose cette question. Comment présenter le jazz ? Et au fait, qu'est-ce que le jazz exactement ?

Duke Ellington, le Duke, dans une émission-concert pour la télévision australienne ABC-TV dans les années 1980 évoque ainsi sa musique : « Le jazz est un arbre dont les nombreuses branches poussent dans toutes les directions ; au bout de chaque branche une brindille portant des feuilles différentes. Il va vers l'est, vers l'ouest et partout il recueille des influences de toutes sortes. Si vous observez le tronc, vous verrez qu'il a une écorce transparente, à la finesse japonaise, mais ce tronc plonge profondément dans la terre, on y trouve des racines aristocratiques solidement ancrées dans l'Afrique noire... et le *beat*. Le jazz a des formes diverses, le 2/4, 3/4, 4/4 et même 5/4... Il peut être très mathématique et très romantique. Mais toujours il y a ce beat... »

La pulsation... le jazz, comme toutes les

musiques, s'appuie sur la mélodie, l'harmonie, le ton... Mais au départ il y a ce rythme. Et ce balancement, ce swing, ces temps appuyés en décalage avec notre culture européenne (le deuxième et le quatrième, alors que nous autres frappons dans nos mains, « naturellement », sur le premier et le troisième temps). Ce décalage, ce « back beat », est une des clés de cette musique.

On peut aussi parler d'histoire. Les amateurs de jazz aiment beaucoup égrener la chronologie de leur musique chérie comme sur un chapelet de notes... et de notes de bas de pages, de références et de citations. Rappelons par exemple que le 26 février 1917 était gravé un 78 tours de l'ODJB (Original Dixieland Jass Band), « Livery Stable Blues », que l'on considère aujourd'hui comme le tout premier album de jazz, le premier *hit* en tout cas. Des musiciens blancs, dont des Italiens, y enregistraient du *jass* mélangeant diverses influences, afro-américaines bien sûr, mais aussi européennes et des genres locaux dont la musique créole. L'orchestre rappelle vaguement une fanfare par ses cuivres (ceux que l'on trouvait aussi à l'opéra de La Nouvelle-Orléans). On souligne volontiers cette saveur créole dans ce *jass* des origines, cela nous rappelle que des esclaves venant d'Afrique ont été exploités dans tout le continent américain, du nord au sud. Ils y ont créé des musiques influencées par le contexte local, les églises, les musiques des colons, etc.

Le 12 février 1918, est donné ce qui est souvent présenté comme le premier concert de jazz en

Europe, à Nantes au théâtre Graslin. En tout cas, le premier concert assis avec des billets, dans une salle de concert. Le « roi du jazz de New York », James Reese Europe, et son orchestre interprètent du *ragtime*[1] orchestral. Les troupes américaines ont commencé à débarquer sur le Vieux Continent en guerre dès juin 1917 et dans pas mal de villes de garnisons, dont Nantes et Bordeaux, une musique nouvelle est jouée par des musiciens de fanfares qui forment de petits orchestres.

Le 1er décembre 1918 le Jassy Jazz Band fait un tabac au Casino de Bordeaux. Les petits groupes comme The Cannonneers (du lieutenant Harry Rogers Lawton), le Crazy Kat Jazz Band (13e régiment des Marines) ou The Splendid Jazz Band (des musiciens de Chicago) font des tournées dans toute la France au cours de l'année 1918[2].

On l'a compris : dès ses origines, le jazz est une musique de métissages, de mélanges. On dit parfois que c'est l'Afrique qui rencontre l'Europe sur le continent américain avant de revenir en Europe en 1917. Des chercheurs ont même étudié comment certains types de blues s'appuyaient sur des rythmes amérindiens. Ce qui est certain, c'est qu'en 1917 les fanfares américaines débarquent

---

1. Style syncopé très en vogue entre 1860 et 1920. Le pianiste et compositeur afro-américain Scott Joplin (1868-1917) en fut la figure emblématique. Vous connaissez forcément son morceau *The Entertainer*.
2. Lire *1917 : voilà les Américains*, sous la direction de Stéphane Barry et Christian Block, Bordeaux, Memoring, 2017.

en France avec des Afro-Américains et le concept de *jazz band* pénètre profondément la culture populaire française.

Puis, dans les années 1920, il y a Armstrong. C'est lui, c'est « Louie » qui a tout fait. Ensuite, et c'est unique, se développe une musique instrumentale assez complexe, de haut niveau de composition, mais qui est associée directement à la joie de danser, de bouger, et sur un autre plan au divertissement populaire à travers les comédies musicales qui fournissent des chansons, des standards. La diffusion du microsillon fait le reste.

Voilà pour l'histoire. Ou plutôt, une des histoires. On pourrait ne parler que du blues, que du spiritual... Il y a autant d'histoires du jazz que de métissages, de rencontres, de carrefours. Il n'y a jamais eu une scène du jazz, mais des scènes multiples, toutes marquées par une expression individualisée et une écoute simultanée. On joue, on improvise, on écoute, et même lorsque l'on joue dans un grand orchestre une partition, vient un moment où l'on peut improviser soutenu par le groupe tout entier. Le jazz a produit des langages différents, des idiomes raffinés, des grammaires sophistiquées... Mais toujours sur le fameux beat, la syncope. Depuis les années 1920 et Armstrong jusqu'à la seconde moitié des années 1960 et l'explosion du free-jazz, voilà comment on pourrait définir le jazz : le beat et l'improvisation. Puis, avec d'autres influences — latino, world music, rock —, il a connu plusieurs renaissances extraordinaires. Les festivals ont fleuri partout, la musique vivante l'a fait exploser dans toujours plus de directions. C'est toute la beauté du genre : il se renouvelle constamment.

Il faut signaler tout de suite une des vertus majeures, remarquables, de ce genre : son histoire, depuis un siècle, est tout entière contenue dans le jazz que l'on entend aujourd'hui. Sa profondeur vient de là. Mais, évidemment, et c'est le miracle de cette musique, on peut aussi l'apprécier pleinement sans en connaître la généalogie, ou même les épisodes précédents.

NOTES TENUES : LE JAZZ EST...

... une musique de créateurs-compositeurs de l'instant.

... une musique de renouveau permanent (création, invention, et recherche en continu), du renouveau rapide ; sur une histoire courte — cent ans, ce n'est rien en musique —, les changements s'enchaînent en rafale. Le jazz n'est jamais tranquille. Il faut suivre.

... une musique libre : au moment où l'on croit la tenir enfermée dans un format, dans un contrat, dans un cliché, dans une boîte de disques, elle bourgeonne ailleurs, elle s'échappe, elle casse les codes et va plus loin.

... une musique d'émotions, parfois si fortes qu'elles portent la musique au-delà des sons.

... une musique du corps, musique du travail, musique de danse.

... une musique de l'intime, une musique qui soigne.

... une musique de groupe : l'improvisation est collective, le soutien du big band au soliste seul en scène le fait voler plus haut, le soutien du public le fait vibrer au-delà de lui-même.

... une musique spirituelle (spiritual, gospel) : ce qui se passe dans un groupe de jazz tient souvent de l'accord spirituel profond, improviser ensemble conduit chacun à être au plus profond de soi tout en restant à l'écoute très fine de l'autre.

... une musique ouverte, musique de carrefour, de métissage : blues-spiritual, rythm'n'blues, latin jazz, jazz-rock, jazz et samba, jazz et tango... Le jazz est la première musique mondiale.

LE JAZZ, ÇA SE DISCUTE !

Est-ce juste une musique pour les baby-boomers ? Devient-elle « le jazz » quand elle commence à se marginaliser vis-à-vis de la musique populaire et du rock, dans les années 1950 justement ?

Le jazz est libre : vous voulez vous faire plaisir ? Parfait. Vous voulez danser ? Allez-y ! Vous voulez déguster un morceau ? C'est possible. Puristes contre amateurs, sérieux contre joyeux enthousiastes ? Peu importe. L'important c'est de danser.

Le jazz a-t-il des couleurs ? Oui, une vraie palette de correspondances et d'évocations. Et, avant tout : la « note bleue », celle du blues, une note jouée légèrement altérée. Ce demi-ton (ou quart de ton) vient de la gamme pentatonique africaine et ajoute de la tristesse à la musique. Cette couleur vient de l'expression anglaise *blue devils* qu'on traduirait en français par « idées noires » et en russe par « mélancolie verte ». En plus du bleu, chacun peut trouver sa couleur dans le jazz.

Vous voulez du vert ? Écoutez l'une des innombrables versions de *On Green Dolphin Street*, ce morceau composé en 1947 pour le film de Victor Saville tiré du roman de la très britannique Elizabeth Goudge. Ainsi vont les standards de jazz : un morceau composé pour un film très romantique se retrouve joué par Miles Davis, Bill Evans, Keith Jarrett, Eric Dolphy et des centaines d'autres.

D'autres couleurs ? La composition majestueuse de Duke Ellington, *Black, Brown and Beige*, qui évoque l'histoire des Noirs en Amérique. Du rouge aussi comme les colères du free-jazz, comme le rouge à lèvres de Billie Holiday chantant *Strange Fruit*. Et toutes les couleurs que ces musiques portent, évoquent, suscitent. Fermez les yeux, le jazz est puissant dans ses projections. Un kaléidoscope infini.

Le jazz a-t-il un goût ? Oui, il a tous les goûts : acide, sucré, piquant, pimenté, salé... Le mot anglais *flavor* est associé à de nombreux morceaux et albums. Goûtez toutes les saveurs du jazz dit *new orleans* — bien créole. *What's cooking ?* Qu'est-ce qui cuit ? Louis Armstrong n'a-t-il pas créé une recette spéciale de *Rice and Beans ? Les*

Oignons de Sidney Bechet, un tube incroyable de 1951, enregistré avec Claude Luter, fut l'indicatif joyeux de l'émission culinaire du grand chef Raymond Oliver... et déclencha même une émeute lors d'un concert à l'Olympia le 19 octobre 1955. Oui vous avez bien lu : le jazz rendait fou en 1955. Ce soir-là, les fans trop nombreux pour les deux mille places de l'Olympia renversèrent le cordon de policiers, envahirent la salle en hurlant, puis cassèrent deux cents fauteuils pour montrer leur enthousiasme. Quand Bechet eut fini d'éplucher ces *Oignons* on dénombra dix blessés et deux millions de francs de dégâts.

Faute d'oignons, grignotez les cacahouètes salées, les *Salt Peanuts* de Dizzy Gillespie et Kenny Clarke, variation bebop d'un standard de 1943 construit sur la grille harmonique d'un morceau de Gershwin (car les variations et les improvisations sur une chanson peuvent devenir un morceau de jazz à part entière, à condition d'être correctement accommodées).

Vous préférez le sucre ? *Sugar* a inspiré plusieurs mélodies dont une bluette des années 1920 devenue un standard joué des milliers de fois et une composition de 1970, très sexy, du saxophoniste Stanley Turrentine. Goûtez-moi ça ! *A Taste of Honey*, *Honeysuckle Rose*. Vous l'aimez bien poivré ? Dégustez les solos de « Pepper » Adams (Park Frederick Adams III de son vrai nom), sax baryton au son relevé et âpre, star discrète de la côte ouest des années 1950 et 1960. Acide ? Découvrez les explorations plus récentes de ce qu'on appelle l'*acid jazz* (mélange de jazz, de funk, d'électro, de hip-hop...) histoire de voir combien les mélanges et les cocktails contemporains peuvent nous monter à la tête.

Y a-t-il des images associées au jazz ? Ma prof de musique du lycée m'arrêta tout de suite lorsque je parlais de ces images, ces films que je me faisais, ces visuels fantasmés que le jazz suscitait chez moi : « Il faut écouter la musique pour ce qu'elle est, goûter ce qu'elle propose. La musique, ce n'est pas des images, des bandes originales de films, c'est de la musique ! Écoutez la bande-son d'*Ascenseur pour l'échafaud* par Miles Davis sans penser au film, ni même au titre des morceaux. Si vous aimez le jazz faites comme mon mari (prof de musique lui aussi) et moi, écoutez des compositeurs virtuoses, Martial Solal par exemple. Il est très intéressant et sa musique est construite... Mais oubliez cette affaire d'images. »

Je me précipitais sur Martial Solal que je trouvais très compliqué mais impressionnant comme de juste. Surtout, je fis l'exercice d'écouter la bande originale de Miles Davis en essayant de ne pas penser au film. Cette expérience ne fut pas vraiment couronnée de succès : d'autres images s'imposèrent sans que j'y puisse rien. Ce n'est qu'un peu plus tard que j'ai compris ce qu'était le paysage sonore.

Le jazz est-il une musique d'« intello » ? Il faut voir. On pourrait dire du jazz, comme musique de l'improvisation, ce que Schopenhauer disait de la musique en général : « La musique est un exercice de métaphysique inconscient, dans lequel l'esprit ne sait pas qu'il fait de la philosophie[1]. » Écoutez l'album mythique de Jaco Pastorius « Word of Mouth », et vous voilà branché en direct sur l'inconscient du génial bassiste compositeur. Est-ce une musique d'intello ? Construite certes, délirante aussi, exigeante et naturelle, touffue et simple, joyeuse et sombre. Mais directe.

Le jazz est-il la musique de l'éternel retour ? Oui, il se régénère sans cesse. Il y a des *come-back*, des *revivals*, qui relancent la machine régulièrement et ouvrent de nouveaux champs. Rappelez-vous la vogue du jazz manouche au début des années 2000. Qui l'aurait cru ? Le retour des petits-enfants de Django Reinhardt. Sous l'influence de Biréli Lagrène, Angelo Debarre, Romane, Stochelo Rosenberg et quelques autres virtuoses (et des passeurs comme les chanteurs Thomas Dutronc ou Sanseverino), la Selmer aux cordes métalliques est revenue en grâce. La « pompe manouche » a rythmé les cafés de la France entière au début du millénaire. Ce jazz trépidant issu des années 1930, plutôt européen (klezmer, gitan, français, belge et surtout manouche, rom et sinti), s'est installé de nouveau dans les oreilles des Français, amateurs ou non. La bande-son du début du XXIe siècle s'est donc enrichie du retour des valses bebop manouches, des accordéons du New Musette et des étincelles des violons roms. De sacrés beaux

---

1. Arthur Schopenhauer, *Le Monde comme volonté et comme représentation*, Paris, Gallimard, coll. « Folio Essais », 2009.

mélanges... Fondés sur une seule envie, celle de bouger, de claquer des doigts, de frapper du pied et de s'enthousiasmer aux envolées de virtuoses incroyables. D'où qu'ils viennent. Quand je vous dis que le jazz est la musique de l'accueil de l'étranger... En plus de l'éternel retour !

IMPROVISATION : CES SOTTISES QU'ON ENTEND SUR LE JAZZ

C'est une musique d'ascenseur : d'abord, il n'y a plus beaucoup de musique dans les ascenseurs et s'il y en a c'est de la *musak*, musique en boîte des centres commerciaux, nivelée et aseptisée. Oui c'est vrai, depuis la vogue du *easy listening* et du *jazz lounge* on peut trouver ici ou là des playlists ressemblant à du jazz, mais c'est de la musique en boucle, souvent des samples montés... De plus, si parfois le jazz reste en demi-teinte, sachez qu'il s'écoute par l'oreille mais aussi par tous les pores de la peau, par les nerfs et les muscles. Le jazz est fort comme un alcool mais il peut être subtil comme un thé. Même le jazz le plus délavé, coupé à l'eau, contient les éléments de base de toute forme de jazz et l'on peut dans certaines conditions l'apprécier. Il en est du jazz comme de certains plats orientaux, même la fadeur y est parfois appréciable et même succulente (eh oui !).

Et puis, autant l'avouer tout de suite, j'éprouve un plaisir régressif et coupable à écouter du *smooth jazz* quand je travaille ou quand je conduis... Qui va m'en empêcher ?

C'est une musique de vieux : observez les orchestres lycéens et universitaires aux États-Unis, suivez la nouvelle génération des musiciens virtuoses... Partez à la découverte du projet catalan Sant Andreu Jazz Band et de ses jeunes prodiges, si heureux de jouer, de chanter, d'échanger leurs instruments. Le jazz n'est pas une musique de vieux, c'est une musique qui a des références.

C'est une musique élitiste : allez dans n'importe quel festival français pendant l'été et observez la diversité des publics, leur joie. Ce n'est pas parce que le jazz est fabriqué par un petit nombre de musiciens et que seulement 5 % de Français ont déclaré que c'était leur genre préféré qu'il est élitiste. La perception de la musique syncopée, du swing est immédiate et universelle, le beat est accessible, l'énergie qui s'y déploie est une évidence partageable. Ce sont souvent les élites totalement hermétiques au jazz qui prétendent qu'il est élitiste. Promenez-vous en Sud-Gironde pendant le festival Uzeste Musical, l'*Hestejada*, organisé depuis plus de quarante ans par Bernard Lubat. Quarante étés de « manifestivités », de concerts, de happenings, de débats, d'échappées sur les musiques d'ailleurs. Rien d'élitiste.

C'est une musique compliquée : on ne peut que conseiller à ceux qui pensent cela de se procurer la compilation (au titre d'ailleurs hallucinant, mais qu'importe...) « Je n'aime pas le jazz, mais ça j'aime bien » et les autres disques de cette collection. Tout y est simple, direct, abordable, depuis Duke Ellington jusqu'à Weather Report. Cette musique a quelque chose d'accessible qui vient de ses origines, qu'on le veuille ou non.

RETOUR AU THÈME

« Ce que vous appelez jazz ». À quatre-vingt-sept ans, quand Ahmad Jamal, pianiste né à Pittsburgh en 1930, compose une ode à Marseille il déclare : « Ce que vous appelez jazz et que je préfère appeler musique classique américaine. » Avant lui, on a parlé de grande musique afro-américaine ou d'autres choses de ce genre. On voit l'idée. Et quand Ahmad Jamal évoque ses musiciens il insiste sur un point important aujourd'hui : « Tous les musiciens avec qui je joue ont un bon esprit et un bon caractère. On ne peut pas jouer cette musique dans un mauvais état d'esprit, avec de la haine, de l'arrogance ou du ressentiment dans le cœur[1]. » Il parle aussi d'accueil et de générosité.

Le saxophoniste Archie Shepp, né en Floride en 1937, familier d'Uzeste par ailleurs, déclare quant à lui : « On dit que ça a commencé à La Nouvelle-Orléans, mais en fait ça a commencé partout où il y avait des hommes noirs et du blues. Ce que vous appelez jazz c'est ma musique classique. Charlie Parker c'est mon Bach, Coltrane mon

---

1. *Jazz Mag* n° 695, juin 2017.

Beethoven[1]... » Oui, Archie Shepp parle tout de suite du blues. Allons voir cela de plus près.

CITATION-FLASHBACK : LE BLUES

En effet, pour comprendre tout cela, il faut partir du blues. Et du plus *roots*, le plus rural, celui du Mississippi par exemple. Écoutez Mississippi John Hurt (né en 1892) et sa guitare. Il chante *You Got to Walk That Lonesome Valley*. Oubliez les catégories. Ne dites pas : « Mais, c'est du folk ! » Ne dites pas non plus : « Mais, c'est un gospel joué à la guitare ! » Ne dites rien. Écoutez. C'est le blues d'où tout est parti. Il y a dans ce chant le travail répétitif des esclaves dans les champs, des ouvriers agricoles noirs, des *work songs* qui rythment le travail et répètent le même air et les mêmes accords, comme se répètent les rangs de coton, ou de tabac, ou d'autres choses bien difficiles à travailler quand on a les mains qui saignent au début, puis qui se durcissent de cals. Le miracle, c'est que ces mêmes mains, le soir, vont gratter la guitare. Skip James (né en 1902), chantant *Crow Jane* en faisant glisser ses doigts sur le manche puis enchaînant dans un *picking* des cordes métalliques, nous raconte cela.

Cette scansion, cette répétition, quelques accords, un, deux, un... et puis le troisième. Il y

---

1. Archie Shepp, dans le film *Je suis jazz c'est ma vie* de Franck Cassenti, disponible librement sur YouTube.

a cette fameuse « note bleue », ce léger glissement. Ce décalage si fin qu'il en devient bouleversant. Cette note envolée qui se repose sur le manche de la guitare, descend vers la rosace de l'instrument, vibre, vibre jusqu'à produire un autre son qui se fond miraculeusement dans l'accord qui suit et qui va lui aussi se répéter.

Bien sûr, vous pouvez préférer le blues de Chicago. Celui qui parle des gens du Sud remontant le Mississippi ou les rails vers Kansas City ou Saint Louis, avec leurs chants mélancoliques et leurs guitares de bois défoncé et de métal brut. Celui qui raconte Chicago, la ville des Polonais, des Irlandais, des catholiques de toutes origines. La ville de l'industrie de la viande et des gangs. Le blues de Chicago raconte d'autres histoires bien sûr. Mais il raconte surtout la misère. Les fins de mois à se taper la tête contre les murs qu'on ne peut plus payer. Et cette belle femme qui s'en va. Ce père qui disparaît dans la foule. Les gosses chez la grand-mère. La solitude des pauvres au milieu d'une ville riche. La frustration et le désespoir qui pointe. Tout cela vient glisser sur le manche d'une guitare.

Autant le blues du Mississippi peut être parfois presque murmuré, autant le blues de Chicago, d'emblée, élève la voix. Buddy Guy ou Muddy Waters, qui connaissent le blues du Delta, font ça en s'appuyant sur une batterie bien costaude, trois accords et un harmonica amplifié. Juste après écoutez quelqu'un comme Freddy King chantant *Sweet Home Chicago*. Et voilà, en cinq morceaux, de Mississippi John Hurt à l'un des King (il y a aussi BB et Albert...), vous avez compris le blues. Si vous hésitez encore écoutez Albert King au Fillmore East de New York (le 23 septembre 1970) dans *Blues Power*. Il vous explique le blues.

À ceux qui prétendent que le jazz est une musique élitiste, rappelons qu'il vient aussi du blues le plus pauvre, le plus populaire, donc.

UN PONT NORD-SUD

Pour retrouver le jazz depuis cette balade, il faut redescendre au sud, à La Nouvelle-Orléans. Deux morceaux suffisent. Puisque tout a commencé là-bas avec Louis Armstrong, prenez une bonne version de *Basin Street Blues* et écoutez-le interpréter cette scie jouée des milliards de fois. Que se passe-t-il ? Satchmo fait vibrer ce blues d'opérette comme personne. Trois notes de trompette scintillent comme les étoiles du Sud, s'échappent vers le ciel et sa voix, à lui, pose le décor : Basin Street, New Orleans. Il y a des glissements, des éclats, puis, miracle, du scat, de l'improvisation déposée entre deux couplets. Surtout, il y a ce swing, qui fait basculer le blues vers autre chose, vers d'autres lieux magiques. Chicago, La Nouvelle-Orléans, c'est là que ça se passe. Et quand on est à Chicago... on regrette La Nouvelle-Orléans.

C'est un étrange blues que celui-ci, mais il fait se boucler la boucle : *Do You Know What*

It Means to Miss New Orleans, un clip de 1947[1] où Billie Holiday la divine donne la réplique à Louis Armstrong. Dans la voix de Lady Day, on retrouve toute la langueur du blues, même si c'est un caméo hollywoodien, même si tout cela est artificiel. Autre miracle : le blues se fond dans le jazz et affleure à toute occasion, même dans les productions les plus commerciales. Il faut savoir l'écouter, le saisir. Là, ce glissement vers la note bleue, cette langueur triste... Il est là.

---

1. Dans le film *New Orleans* des Hal Roach Studios.

3. SOLO DE SAXOPHONE
ET IMPROVISATION :
UNE AFFAIRE DE SOUFFLE

Pourquoi commencer par le saxophone ? Parce qu'il est l'emblème du jazz. Cette musique est construite, réinventée, créée chaque jour et chaque soir par des solistes qui improvisent. Ils jouent et ils improvisent. Ils interprètent et ils improvisent. Ils citent et ils improvisent. Ils créent sur place, dans l'instant. Ce sont souvent des saxophonistes, même s'ils ne jouent pas du saxophone. Eh oui ! Allez comprendre.

Depuis les années 1930, le jazz est une musique de grands orchestres et de solistes. À côté des big bands, ce qu'on appelle les « petites formations » ne sont pas vraiment des « groupes » dans le sens où le rock en produit. Juste des musiciens qui font un bout de route ensemble. Plutôt rares sont les groupes dans le jazz : le Hot Five et le Hot Seven d'Armstrong à l'origine de cette musique, le Modern Jazz Quartet, les Jazz Messengers, Weather Report, les Crusaders... Finalement, ils sont assez peu nombreux. Et composés chaque fois de fortes personnalités, de solistes.

Les pépinières de solistes, et notamment de trompettistes et de saxophonistes, furent les grands orchestres. Le big band de Fletcher Henderson (rampe de lancement de Coleman Hawkins, le boss du ténor), celui de Count Basie (d'où Lester Young a émergé), Lionel Hampton (Dexter Gordon), Cab Calloway (avec Ben Webster), Woody Herman (Stan Getz)... Ces grandes formations poussent sur le devant de la scène le ténor qui déroule son solo. Il se donne à fond le temps de quelques mesures. Quand vous avez derrière vous une grosse machine swingante, rugissante, tonitruante parfois, et que vous vous avancez vers le micro avec votre sax ténor à bout de bras, il s'agit de convaincre en quelques minutes, de créer de l'inouï qui s'insère parfaitement dans le morceau que l'orchestre joue et, en même temps, de raconter une petite histoire, la vôtre, celle qui est en train de se dérouler.

Il s'approche du bord de la scène. C'est un géant. C'est Coltrane. *Giant Steps*. C'est Sonny Rollins qui lance *St. Thomas*. Coleman Hawkins qui va murmurer *Body and Soul*. Ces saxophonistes ténors sont terriblement impressionnants. Lester Young s'expliquant avec *I Can't Get Started* en 1959, l'année de sa mort, à quarante-neuf ans. Michael Brecker dans *The Nearness of You* en 2001, six ans avant sa mort à cinquante-sept ans. Coltrane quant à lui s'est éteint à quarante ans. Est-ce à dire que les jazzmen meurent tôt ? On en reparlera. La mort semble plus en embuscade dans le jazz qu'ailleurs. Ne me demandez pas pourquoi. Je constate, c'est tout. L'amour compliqué et la mort.

Des saxophonistes à bout de souffle ? Oh non ! Ce sont eux qui tiennent entre leurs lèvres et leurs doigts l'un des symboles les plus puissants du jazz, du cuivre vibrant : le sax ténor.

C'est avant tout une histoire de souffle. On entend le souffle. Surtout quand le ténor joue des ballades... Mais aussi dans les hurlements. Ce souffle-là est au cœur du jazz. Un souffle au cœur. Sans jeu de mots. Il se fond dans le vibrato et fait battre le palpitant plus vite.

Certains saxophonistes modernes ont maîtrisé la technique de la respiration circulaire ou du souffle continu[1]. Le saxophone se met alors à raconter d'autres histoires, il entre dans une autre dimension. Je me souviens d'un concert d'Archie Shepp où le génial ténor enchaînait les phrases en continu, donnant l'impression d'être un surhomme, un vrai *jazz hero*, capable de maintenir toute une salle en l'air sur le bord du pavillon de son sax.

Archie Shepp, on le retrouve souvent en Gascogne, je l'ai dit, à Uzeste, chez Bernard Lubat, entre pins et vignes, entre pignes et vins. Le

1. La respiration circulaire ou souffle continu est une technique qui permet de tenir assez longtemps un souffle d'air continu à l'aide de la bouche et de la réserve d'air que l'on garde dans les joues, comme dans le sac d'une cornemuse. Plus facile à expliquer qu'à réaliser. Les souffleurs de verre savent faire ça, les joueurs aborigènes de didgeridoo, certains flûtistes... et quelques rares saxophonistes de jazz.

souffle a parfois des accents gascons. Michel Portal, grand clarinettiste classique, natif de Bayonne et improvisateur génial, y fait souvent chanter sa clarinette basse. Le souffle, c'est le vent dans les pins. Aussi. Il est libre. Il faudrait dire les autres odeurs du jazz. Fumée de cigarettes, bien sûr (le jazz peut-il nuire à la santé ?), alcools, marie-jeanne, air marin de Newport... Et le parfum des pinèdes. Pas seulement les pinèdes du Sud-Ouest : c'est à Juan-les-Pins, au festival, que beaucoup de choses ont pris leur envol en juillet 1960.

Cette année-là, au premier festival d'Antibes-Juan-les-Pins, le quintet de Charlie Mingus se produit en majesté, avec le souffle d'Eric Dolphy. Ce saxophoniste alto, flûtiste et clarinettiste est un passeur. Il est là avec Mingus, avec Coltrane[1], avec les plus grands compositeurs, il est pressé, c'est un passeur pressé : un pont entre le bebop et le free-jazz. Tout se passe pour lui entre 1958 et 1964, année de sa mort, à Berlin, d'une crise cardiaque. Pendant ces six ans, cette météorite a été partout où il fallait être. Il a joué, composé, improvisé, créé de plus en plus librement, sans entrave aucune, sans même rester sur le thème, il s'est évadé. Vite.

De sa clarinette basse, de son sax sortent des sons de moins en moins policés, de plus en plus rugueux, des cris, des décharges, des lignes mélodiques incroyables qui ne ressemblent à aucun air connu. Il est le marqueur d'une époque qui

---

1. Sur l'album « Olé Coltrane ».

se décolle des codes, en crée d'autres tout à fait ailleurs. Il est libre, Dolphy.

Le 1er mars 1961 aux studios Van Gelder d'Englewood Cliffs, New Jersey, il enregistre sous la direction d'un autre saxophoniste et compositeur de génie, Oliver Nelson, l'album « Straight Ahead ». Les duos, *battle*, ou *chase* du tandem Nelson-Dolphy sont inouïs de puissance, d'inventivité, de fluidité. Ils résument parfaitement cette échappée du bop vers le *hard bop* puis le free-jazz. Des moments de grâce pure. À travers leurs anches, leurs pavillons, les souffles des deux hommes font la course-poursuite[1], se mêlent, s'entrecroisent. Dolphy laisse sortir toute la force de son imagination. Pour des moments comme ceux-là, le jazz est une fête incomparable. Quelques jours plus tôt, Oliver Nelson et une pléiade de musiciens géniaux, dont Eric Dolphy et Bill Evans, avaient déjà enregistré un album de rêve : « The Blues and the Abstract Truth ». Une œuvre de souffleurs, de cris et de fureurs sur des compositions travaillées, directes, équilibrées, surprenantes d'énergie pure.

Nelson et Dolphy nous entraînent en tournoyant vers le haut, vers le ciel. Pas de descente, pas de répit, ça monte, ça pulse, ça suit de mystérieux courants ascendants.

Autre géant, autre souffle. Dexter Gordon est

---

1. La poursuite ou *chase* est une belle figure musicale du jazz : deux solistes prennent chacun à leur tour quatre mesures (c'est le 4-4). Quand ce sont deux souffleurs, c'est très spectaculaire.

né en 1923 à Los Angeles. Il a débuté dans l'orchestre de Lionel Hampton, de 1940 à 1943, avant de rencontrer à New York Lester Young puis tous les musiciens de la scène bebop. En 1947, il a enregistré un tube, un vrai : *The Chase*, avec un autre sax ténor mythique : Wardell Gray.

Nous sommes le 27 août 1962. Juste avant de partir s'installer en Europe, Dexter Gordon enregistre l'album « Go » au studio d'Englewoods Cliffs, avec Sonny Clarke au piano, Butch Warren à la basse et Billy Higgins à la batterie. C'est une session ordinaire, si l'on peut dire, décontractée, une ambiance de club...

Mais, à un moment, les quatre hommes se mettent à jouer *Love for Sale*, un standard du grand compositeur Cole Porter. Et là, c'est un petit miracle qui se produit. Notez bien que j'écris un « petit » miracle. Mais, après tout, la passion du jazz est faite de ces centaines de petits miracles qui tissent une toile de fond parfaitement magique à nos vies.

Love for Sale commence par un rythme baguettes-basse, des accords de piano chaloupés, latins, puis le ténor débarque. Il lance un appel (*Love for Sale !*), interpelle et... chante. Ce morceau est avant tout une chanson. Elle est tirée d'une comédie musicale de Broadway de 1930 — *The New Yorkers* —, qui fit scandale parce que l'héroïne est une prostituée qui chante *Love for Sale*, amour à vendre. On ne passait pas cette chanson à la radio.

Plus tard, ce morceau fut repris par tout ce

que le monde du jazz compte de chanteuses, célèbres ou non. Il devint un standard, un vrai, interprété par les plus grands instrumentistes. Un morceau de rêve, souple, alliant mode majeur et mode mineur, formidablement construit, en soixante-quatre mesures, plus huit pour la route. Ça débute latin et ça enchaîne jazz, comme si Cole Porter ouvrait toutes les possibilités. Un monument. Quand on s'attaque à ce genre de morceau il faut savoir où l'on veut aller, être sûr de soi.

Le jour de l'enregistrement, Dexter Gordon est au mieux de sa forme. Ses problèmes de drogue sont derrière lui, ou presque. Il sait qu'il va partir en Europe se refaire une santé — y compris financière —, loin du racisme et des dealers new-yorkais. Il va passer de nombreuses années en Europe, il tournera même dans un film de Bertrand Tavernier (*Autour de minuit* en 1986). Mais ce jour-là, il joue *Love for Sale*. Son solo est à la fois tenu et brillant, il lance ses appels, il interpelle, redescend vers la douceur, reprend ses appels, passe d'un registre à l'autre, renverse la mélodie, l'ouvre au grand air, crie, ponctue... Puis le piano de Sonny Clark prend le relais avec son style hard bop bien appuyé.

Sonny Clark mourra l'année suivante, en 1963, à trente et un ans. C'est l'un des derniers enregistrements de ce disciple de Bud Powell qui influencera beaucoup de jeunes pianistes durant sa brève carrière. Il déploie sur *Love for Sale* toute sa palette, généreusement. Puis Dexter Gordon reprend un autre chorus[1], avant de passer à la conclusion d'une sérénité royale. Retour sur le thème enrichi dans nos oreilles de tout ce que nous venons d'entendre.

C'est tout ? Oui, c'est tout. Un petit miracle de sept minutes et demie, à garder précieusement dans son jardin secret.

Pour tenter de comprendre ce que le souffle est au jazz, il nous faut faire un bond de cinquante-cinq ans en avant. Une soirée au festival de jazz de Punta del Este en Uruguay, début janvier 2017. Pas vraiment de pinèdes ici, mais des eucalyptus, des acacias, des mimosas, des ceibos, des ombùs[2]. D'autres parfums... Le jazz a toutes les fragrances, on l'a vu.

Sur scène deux souffleurs hors norme. Hendrik Meurkens et Paquito D'Rivera. Le premier à l'harmonica et le second au saxophone alto. Ils jouent un boléro. Le souffle est là. Un souffle qui vous projette les notes en pleine figure. Le son de Paquito D'Rivera est des plus originaux. Forcé, pincé et puissant à la fois. Un puissant virtuose. Il entraîne tout un orchestre aisément, mais, quand il joue en petite formation, il survole son sujet puis fond en piqué sur la mélodie, comme un rapace. Hendrik Meurkens, un as de l'harmonica, vrai

---

1. Le chorus en anglais signifie le refrain d'une chanson mais « prendre un chorus » veut dire prendre un solo. On dit parfois « chorusser ».
2. Créé en 1996, le festival de jazz de Punta del Este qui a donc fêté sa 22ᵉ édition en 2018 est disponible sur YouTube en grande partie.

descendant du maître Toots Thielemans, projette du velours très loin, lui, très haut. Ça monte et ça descend. Soudain on comprend tout l'intérêt qu'il y a à mettre côte à côte Paquito le Cubain et Hendrik le Hollandais. Le bonheur d'un jazz facile, moitié latin, moitié flamand.

Impeccable : le jazz jubile dans ces mélanges mondiaux. Profond et généreux, il offre tout ce que l'on veut. On passe un moment magique suspendu aux souffles de ces deux virtuoses. On se laisse aller à voler sur leurs airs. *Bolero para Paquito*, *Bluesette*, *Brussels in the Rain*... L'esprit de Toots Thielemans, le grand maestro de l'harmonica, plane aussi au-dessus de ce concert des antipodes. Toots a donné des dizaines de versions des standards de musique brésilienne. Tous sont à déguster sans retenue. Facile ? Direct plutôt. Et sincère. Les souffleurs du jazz sont souvent ainsi : chacun connaît les albums brésiliens de Stan Getz. Ses découvertes de la bossa-nova y sont partagées généreusement aux côtés d'Antônio Carlos Jobim et João Gilberto, les fondateurs du genre. La bossa-nova est un bon exemple de cette musique métisse qu'est le jazz : à la rencontre de la samba et du jazz cool californien, ce style musical émerge à la fin des années 1950. En 1958, la chanson *Chega de Saudade*, composée par Jobim sur un texte de Vinícius de Moraes et interprétée par João Gilberto, lance la grande vague brésilienne sur laquelle vont surfer de nombreux jazzmen, dont Stan Getz (1963, *The Girl from Ipanema*... vous l'avez forcément entendu) puis beaucoup d'autres jusqu'à Frank Sinatra. Dès 1969, Toots Thielemans réalisera de nombreux albums avec des musiciens de bossa-nova et la chanteuse Elis Regina. Musicien de jazz belge, chanteuse de bossa brésilienne...

IMPRO : UN BASSISTE

Dans un tout autre style, un album mythique du bassiste Jaco Pastorius, « Three Views of a Secret », met en avant, entre autres solistes, le génial Toots Thielemans. En 1982, Jaco se produit avec son big band — l'étrange et éphémère Word of Mouth Big Band — au festival d'Aurex, au Japon. Pourquoi parler de ce concert précisément ? Parce que c'est un concert de souffleurs. Bobby Mintzer au ténor ou à la clarinette basse, Randy Brecker à la trompette (passée par un synthé) et Toots Thielemans à l'harmonica.

La basse de Jaco Pastorius souffle elle aussi. Un instrument à vent aux cordes longues et aux profondeurs vertigineuses. Il en sort des plaintes que l'on ne comprend que plus tard, lorsqu'elles continuent de résonner dans notre tête, longtemps après la fin du morceau.

BREAK

Il y a dans le jazz, encore et encore, ce moment magique : celui où le soliste, une fois exposé le thème, et une fois le thème répété, prend son souffle pour plonger dans le bain de l'improvisation. Je pense à Dexter Gordon dans un *Lady Bird* (enregistré en Belgique, en 1964) très scandé par Daniel Humair à la batterie. L'exposé du thème composé par Tadd Dameron est asséné, puis répété, le tout prend quarante secondes et trente-deux mesures. Le thème est simple : *la, la, la, ré*. Facile à mémoriser. On a la mélodie dans l'oreille puis, à la trentième mesure, un soupir, Dexter Gordon prend son souffle et voilà le break, le décollage, on part dans les airs, il lance l'improvisation.

Il découpe la chanson en morceaux choisis, lancés, des départs, des retours, il lui donne une autre forme, un autre départ, des étincelles, des langueurs, des citations. Solidement appuyé sur le trio George Gruntz (au piano), Guy Pedersen (à la basse) et Daniel Humair, il peut viser haut, il reprend et reprend encore les extraits (comme on dit des extraits de plantes, des essences), les riffs, les saveurs, mais toujours cette mélodie (*la, la, la, ré*) qui se déploie autrement. C'est toujours la même mais elle est parfaitement autre. Parfaitement complète et complétée. Triturée et malaxée, mais avec de vrais morceaux de *Lady Bird* partout. Dexter Gordon nous raconte l'histoire, la vraie histoire, mais en changeant les accents, les voix, les dialogues... et les points de vue.

Si l'on veut bien comprendre, bien goûter, on peut comparer ce morceau à la version d'un autre sax ténor, Sonny Rollins, enregistrée à Aix en mars 1959. Sans piano cette fois. Kenny Clarke à la batterie et Henry Grimes à la basse. L'exposé du thème de Tadd Dameron est conforme, bien sûr. Pourtant, comme un peintre qui utiliserait une brosse un peu plus large, Rollins appuie sur certaines notes, va tout de suite vers les basses. C'est le même morceau, l'air est différent, plus brut, plus massif. Les mêmes trente-deux mesures d'exposition, certes, mais le break part de plus bas, s'envole en biais. Cette improvisation respire différemment de celle de Dexter Gordon. Elle s'interrompt parfois, comme dans un solo de Thelonious Monk. La création instantanée à laquelle se livre Sonny Rollins est proche d'un tableau en noir et blanc, les lignes se brisent, deviennent des taches, se découvrent, se recouvrent. Le son est en pointillé et l'on entend parfaitement l'improvisation dans les silences, posée sur les cymbales caressées par Kenny Clarke. Puis le solo devient de plus en plus elliptique. Un croquis au fusain. Les notes suivent le souffle, la basse improvise et le saxophone de Rollins l'accompagne. Kenny Clarke se lance alors, entre quatre mesures du saxophoniste. Rollins joue le jeu des citations de divers morceaux. Kenny Clarke aussi.

Tout cela est fin, à la fois fragile et terriblement costaud. Puis, le dialogue entre les deux musiciens s'exacerbe, le ton monte, les improvisations se mélangent et cela devient une magnifique création collective, les mesures s'enchaînent, les riffs, les impros, encore et encore, on dirait que ça ne finira jamais.

Où est la mélodie de *Lady Bird* ? Elle est là, sous-jacente, en permanence. On y revient, par les rythmes de la batterie, par les rappels et les citations du saxophoniste. *La, la, la, ré*. Puis le thème revient vraiment. La coda, la queue... Et cette note tenue sans fin, à bout de souffle, posée sur un roulement de Kenny Clarke, très tenu lui aussi.

Que nous apprennent ces souffleurs ? À retenir le nôtre. À nous arrêter de respirer tant la musique est belle... à couper le souffle. Interloqué devant leurs inventions instantanées, leurs créations dessinées dans l'air. Souvent quand ils partent si loin, hors de toute mesure, nous retenons notre souffle en espérant que ces géants, cachés derrière leur cuivre, puissants discrets, vont retomber sur leur accord une fois le chorus passé. Et oui. Les voilà qui reviennent. Nous avec. On respire.

4. SOLO DE CHANT :
STAR, SCAT, SWING

Ella Fitzgerald chante : « *It don't mean a thing, if it ain't got that swing (doo-ah, doo-ah, doo-ah, doo-ah, doo-ah, doo-ah, doo-ah, doo-ah, doo-ah) It don't mean a thing, all you got to do is sing.* »

Le jazz est une musique de stars ! De stars mondiales, même. Et pour deux bonnes raisons : Ella et Louis... Dans le jazz revient cette idée qu'il faut des géants, des repères, de grands interprètes et improvisateurs, des génies... Leur rôle est d'inventer de nouveaux espaces, d'explorer des lieux inconnus, de faire émerger autour d'eux d'autres talents. Les stars vivent et rayonnent pour élargir le jazz vers d'autres univers sonores, vers d'autres publics aussi. Quand on parle de voix on pense à Ella et Louis. Une chanteuse et un trompettiste qui chante. Deux génies du scat, de cette improvisation pure où des onomatopées font vibrer les notes, où la voix devient encore davantage un instrument. Des scatteurs. L'essence même de la musique improvisée est là. Syncopes et onomatopées.

Première star, Louis, Louie, surnoms « Dippermouth », « Dipper » ou « Satchmo » ; son nom ne fait qu'un avec le jazz entre les années 1920 et 1970. Pendant cinquante ans, quand on dit jazz, on dit Armstrong. Ambassadeur swinguant, il représente dans le monde entier la seule musique entièrement créée aux États-Unis. Il est joyeux, il a le blues, son vibrato soulève les foules. Quand il chante, quand il scatte, on le reconnaît immédiatement. Il rape, il *ooooh*, il *whapadouape*. Le jazz sort par tous les pores de sa peau, son mouchoir blanc devient aussi emblématique que sa trompette. Une star donc.

Une star qui se mesure aussi à la quantité d'anecdotes qui la concerne. Un seul exemple : en juin 1950, il vient de finir son spectacle au casino de Monte-Carlo. Dans une salle contiguë, l'orchestre d'Aimé Barelli est en train de répéter la chanson *C'est si bon* avec Suzy Delair. Satchmo l'entend et, une fois rentré à New York, se fait composer des paroles anglaises par Jerry Seelen. Sa version devient un tube mondial.

Ella Fitzgerald est une virtuose. Chacun peut percevoir qu'elle a une histoire douloureuse, qu'elle va chaque soir au-delà de ses limites, qu'elle veut se faire aimer en souriant toujours, en donnant et donnant encore. Née en 1917, elle fut formée à la dure école des grands orchestres, celui du batteur Chick Webb, avec lequel elle enregistra 150 chansons entre 1935 et 1942. Ella connaît tous les *songbooks*, elle a interprété — et improvisé sur — tous les airs à la mode. Elle est adorée, admirée par Sinatra comme par Marilyn Monroe. D'autres stars.

Louis et Ella entrent dans les studios Capitol, ce 16 août 1956, avec un quartet de rêve rassemblé par le grand producteur Norman Granz : Buddy Rich à la batterie, Oscar Peterson au piano, Herb Ellis à la guitare et Ray Brown à la basse (j'ai volontairement mélangé l'ordre, normalement, en jazz, on présente toujours piano, guitare, basse et batterie, souvent l'ordre des solos). Ce qu'ils enregistrent là[1] est tout simplement la quintessence du jazz. Le contraste des voix, la connivence des deux chanteurs, les éclats de la trompette de Satchmo qui brillent juste quand il le faut, le *continuo* du quartet avec les virtuosités douces d'Oscar Peterson... Oui, la quintessence du jazz : swing et impro, beat et son. Un classique parfait. La voix d'Ella dans un écrin de swing. Le swing de Louie dans un écrin de rois.

Rien à voir : le 7 juillet 1971, je passe l'oral de rattrapage du bac dans un lycée bordelais. J'arrive devant l'examinateur totalement défait, en vrac, en lambeaux. Je viens d'apprendre la mort d'Armstrong, à New York. Le jeune prof de sciences naturelles me demande en souriant si je me sens bien, pensant sans doute que j'étais dans l'angoisse de l'examen. Je lui dis simplement : « Armstrong est mort. » Il soupire : « Oui, je sais », et me demande de lui parler de sa musique. Je lui raconte le scat

---

1. L'album s'intitule « Ella and Louis » et celui de l'année suivante « Ella and Louis again ».

de Satchmo et surtout le miracle du swing et du vibrato permanents du génie disparu. Même vieux, même usé, dès qu'il commençait à chanter ça vibrait et ça swinguait, deux notes, pas plus, on savait à qui on avait affaire. Au bout d'un moment le prof m'a quand même demandé de lui parler de la division cellulaire, histoire de revenir au sujet, ce que j'ai fait comme j'ai pu. C'est ainsi que j'ai eu le bac. Le jazz est magique en toutes occasions.

IMPRO DANS L'IMPRO : LE JAZZ EST UNE MUSIQUE DE CHANTEUSES... ET DE MECS

Au fait, est-ce que le jazz ne serait pas... un truc de mecs ? Je veux dire de collectionneurs obsessifs ? D'amateurs qui se retrouvent ensemble comme les fans de foot ? On discute des performances des musiciens, des mythes, des coups de génie... Comme des grands matchs du Brésil ou du championnat d'Italie.

Les critiques sont en grande majorité des mecs. On a parfois l'impression d'être dans une émission de commentaires de la Bundesliga ou de la Premier League. Des discussions d'esthètes, des polémiques de vieux garçons à n'en plus finir sur l'origine de tel ou tel orchestre, les influences, les meilleurs... Tout cela fleure bon la testostérone, jusqu'aux débats musclés entre fans de tel ou tel moment de l'histoire du jazz, les puristes et les autres. Ceux qui pensent que Keith Jarrett a raison d'interrompre ses concerts à la première quinte de toux d'un spectateur et ceux qui estiment que si ce génie veut jouer sans être dérangé par les autres (ses fans, en l'espèce), il peut rester en studio.

Vous me direz que c'est la même chose pour les fous de rock ou les aficionados de musique classique. Beaucoup d'hommes. Je vous l'accorde, mais il subsiste, en plus de tout cela, un cliché tenace. Le cliché de l'amateur de jazz qui emmène sa femme, sa copine ou sa conquête à un concert de jazz, comme un cadeau romantique qu'il lui (se) fait... Tout en lui signalant « les moments où... », « le soliste qui... », « ce qui va se passer quand... ». Tout cela est très jazz (*mea culpa* : je l'ai fait, et pas qu'une fois, et je n'en suis pas fier pour autant). Le fan de jazz aime partager ses émotions avec sa femme, comme une manière de lui dire qu'il l'aime en lui offrant ce qui le fait vibrer... lui.

En désespoir de cause, bien sûr, il va écouter du jazz avec ses potes et il y aura des commentaires et des concours d'érudition... Mais il n'éprouvera pas ce plaisir de partager la musique comme un acte d'amour.

Il faudrait s'interroger, alors, savoir pourquoi on emmène sa femme à un concert, dans un club — où nous nous retrouvons mal assis, coincés, étouffant —, comme un cadeau érotique. Comme si nous nous retrouvions dans un film. Le jazz évoque la sensualité, on le sait. Mais de là à imaginer que toutes les compagnes vont être emballées, pour peu qu'on leur explique bien… On pourrait croire que, pour le fan de jazz, il existe deux types de femmes : celles qui aiment le jazz et celles qui ne l'aiment pas (même si, au début, elles peuvent faire semblant).

Mais en réalité, il existe une troisième catégorie de femmes : celles qui font le jazz. Et, avant tout, les chanteuses.

ELLA CHANTE

« *Somewhere there's music / How faint the tune / Somewhere there's heaven / How high the moon…* »

Ella Fitzgerald nous embarque dans *How High the Moon*. Il s'agit du concert du 13 février 1960 à Berlin. La voix s'élève. Du cristal chaud. Elle chante l'air composé par Morgan Lewis en 1940, devenu depuis un standard. Elle swingue les paroles écrites par Nancy Hamilton, l'extraordinaire actrice, auteure, parolière et productrice américaine née en 1908, homosexuelle revendiquée et artiste totale. Bref… Ella jazze le tout. Premier couplet, deuxième couplet… Puis elle s'embarque dans l'improvisation. Et là, elle crée en direct, devant les spectateurs du Deutschlandhalle, un morceau inédit.

Le bebop est à l'époque dans toutes les oreilles. Ella scatte donc en citant *Ornithology* de Charlie Parker, un morceau lui-même écrit sur la grille harmonique de *How High the Moon*. Ella s'appuie sur les notes de Parker pour envoyer la chanson de Lewis et Hamilton dans les cintres. Les mesures s'enchaînent, le scat d'Ella ne s'arrête plus, elle improvise des mots aussi. Pour moi, il s'agit de la plus belle improvisation d'une chanteuse dans l'histoire du jazz. Il se passe quelque chose d'incroyable pendant cette soirée de février 1960 — alors que les Berlinois inquiets suivent depuis deux ans les négociations entre Khrouchtchev et Eisenhower sur le sort de la ville —, un moment de grâce éclairé par les envolées d'Ella. De l'art spontané, comme pour ce *Mack the Knife*, qu'elle vient d'interpréter juste avant, un morceau de Kurt Weill et Bertolt Brecht[1], qu'elle a en grande partie improvisé car elle a (aurait ?) oublié les paroles anglaises de Marc Blitzstein, créant là aussi un morceau original, ouvrant une voie dans laquelle s'engouffreront des dizaines d'autres chanteuses de jazz.

Voilà : dans ces deux morceaux d'Ella, il y a toutes sortes d'histoires, de performances, de coups de génie, d'idées, de finesses. Ce soir-là à Berlin, elle est accompagnée d'un simple quartet mais elle est en pleine possession de son art. Une musicienne de jazz hors pair. 1960, Berlin. Elle fait entrer cette date dans la légende. Une page peut se tourner. Le bebop et tout le reste du jazz, le free-jazz d'Ornette Coleman et les envolées d'Ella

---

1. En allemand *Die Moritat von Mackie Messer*, le morceau a été créé pour leur comédie musicale *Die Dreigroschenoper*, en français *L'Opéra de quat'sous*.

cohabitent pour toujours. 1950-1960 devient la décennie où tout s'est joué.

IMPRO DANS L'IMPRO : PARIS SUR JAZZ

Je suis né en 1954. J'insiste. Mais je suis de ce jazz-là, de l'après-guerre à la guerre froide. Pour toujours. Je répète. J'entends la trompette de Dizzy Gillespie scander la mélodie de *Night in Tunisia* avant une époustouflante envolée... et mon époque est trouvée. Mon époque de rêve. De mes rêves les plus tenaces. Je suis français donc, à défaut d'être à Chicago, je vais à Saint-Germain-des-Prés, j'y promène mon spleen, mon blues existentiel, le pavé est luisant comme dans une photo noir et blanc de Dennis Stock. Je sors du Bar Vert de la rue Jacob, le premier vrai « bar américain » de Paris — ouvert en 1944 —, je passe une tête au Lorientais, rue des Carmes, installé depuis 1946 dans la cave d'un hôtel devenue le temple de la musique de La Nouvelle-Orléans. Je vais au Tabou, rue Dauphine. Je me faufile dans la foule du Club Saint-Germain de la rue Saint-Benoît — ouvert en 1948 —, je suis ici, et pourtant je suis ailleurs. Magie de cette musique-là : elle fait voyager dans le temps aussi. Le concert de Duke Ellington au Club Saint-Germain en 1948 ? J'y étais. Ou plutôt, non : j'étais parmi les centaines de personnes qui n'ont pu entrer ce soir-là, faute de place. Mais j'y suis retourné, pour écouter Charlie Parker et Coleman Hawkins et Miles Davis. Il n'y a plus d'après à Saint-Germain-des-Prés ? Il y a l'avant et le présent éternel. Je traîne mon blues de provincial à Paris. Je débarque directement de la gare d'Austerlitz, du « Drapeau », comme on l'appelait (le luxe d'alors : 5 h 15 pour relier Bordeaux à Paris à 120 km/h). Je croise des étudiants qui vont boire des cafés crème, des jeunes gens qui parlent fort devant le Flore et disent qu'il faudrait aller voir ce qui se passe de l'autre côté, rive droite, mais qui n'y vont pas. Ils iront plus tard, lorsque le Blue Note ouvrira en 1958, rue d'Artois, dans l'ancien Ringside, le dancing tenu par le boxeur Sugar Ray Robinson.

Car Paris est une fête pour le jazz aussi, et ce depuis les années 1920. En 1928, Sidney Bechet, star de la Revue Nègre, tire sur un joueur de banjo, Mike McKendrick, et se retrouve à Fresnes pour onze mois. Le même Sidney fait un tabac au Festival de Paris en 1949. Il est de nouveau une star.

À l'automne 1959, au Club Saint-Germain et au Blue Note, rue d'Artois, Bud Powell, Clark Terry, Barney Wilen, Pierre Michelot ou encore Kenny Clarke enchaînent les représentations. On y joue un jazz tonique, où chacun prend ses solos, petits bijoux d'intelligence et de virtuosité. Barney Wilen a l'air tout jeune et sérieux comparé à « l'ancien », Bud Powell, trente-cinq ans, la star qui joua aux côtés de Charlie Parker et des autres en train d'inventer le bebop. Le jazz est une musique de rencontres. On fait le bœuf. Les jeunes apprennent des plus anciens. Et parfois les bousculent.

Les jeunes gens de Saint-Germain-des-Prés qui s'échangent des disques épatants en s'appelant « mon p'tit vieux », je les connais tous, depuis toujours. Nous avons les mêmes goûts musicaux : le jazz et Bach. Pour le moment, ils ne vont sur la rive droite que pour les trois séances quotidiennes de la cinémathèque d'Henri Langlois, avenue de Messine. Puis ils retournent très vite à Saint-Germain. Le Bar Vert, le Tabou... Le circuit habituel.

Bon. En fait, quand j'ai *vraiment* débarqué à Paris en 1972, je me suis tout de suite rendu à Saint-Germain pour y retrouver mes rêves. Trop tard, penseront certains. Pas pour moi. Le temps d'un concours d'entrée à Sciences Po entre deux cafés crème, d'une méditation à l'église et d'une promenade jusqu'à la Seine par la rue Bonaparte où j'habiterai quelques années plus tard, je retrouvais les lieux de mon imaginaire. Il y avait de la musique ailleurs à Paris, bien sûr, depuis les puces de Clignancourt, où l'on entendait des manouches qui n'imaginaient pas revenir un jour à la mode, jusqu'aux concerts de Chicago Blues à la Mutualité, dont je faisais le service d'ordre avec mon blouson noir...

Mais pour l'heure, pour mon bonheur, dans ce petit matin blême, l'heure du premier café crème, je traîne devant les bistros, les bougnats vins et charbons, où des gens en duffle-coat, accoudés au bar, croquent des croissants en rêvant de New York.

5. SOLO DE TROMPETTE
ET COMPOSITIONS SANS FIN

Sur une scène d'Europe, en 2007, le trompettiste très contemporain Roy Hargrove, né en 1969, joue *I Remember Clifford*[1]. Dans le jazz, on l'a vu, il y a des standards, ces morceaux intemporels qui traversent les décennies, qui sautent d'une génération de musiciens à l'autre. Tous les travaillent, les intègrent. Les musiciens de jazz font le métier, comme on dit.

I Remember Clifford est devenu un standard, une somptueuse composition tout en glissements subtils, écrite par un saxophoniste en l'honneur d'un trompettiste. Roy Hargrove joue du cornet. C'est doux, soyeux, et velouté en même temps. Et sous la soie le cuivre. Dur, direct...

La trompette est l'instrument phare des fanfares depuis toujours, et notamment des fanfares militaires qui ont débarqué en Europe en 1917. Le jazz compte des milliers de trompettistes qui,

---

1. Une sublime ballade de Benny Golson, écrite en 1957 en souvenir du trompettiste Clifford Brown.

comme les saxophonistes ou certains guitaristes, tiennent le devant de la scène. Des solistes brillants. Et puis, il y a ces trompettistes qui ont changé le jazz : Louis Armstrong, Dizzy Gillespie, Miles Davis...

On peut tout comprendre du jazz en suivant les parcours de Louis Armstrong (1901-1971) et de Miles Davis (1926-1991). Les deux superstars. Tout vient de ces deux-là, ne cherchez pas, c'est là que ça se passe. On a déjà parlé d'Armstrong. Miles, lui, est un créateur hors pair, un soliste et un leader, avec un parcours allant du rythm'n'blues au bebop, au jazz-rock électrique et au rap. Mais c'est aussi un découvreur de talents sans égal. Il suffit de rappeler que ses pianistes furent Bill Evans, Herbie Hancock, Keith Jarrett, Chick Corea par exemple. Coltrane, qui a travaillé avec lui, en parle en ces termes[1] : « Pendant des années je me contentais de jouer ce qu'on attendait de moi, j'ai vu tellement de mecs se faire virer d'orchestres parce qu'ils essayaient d'innover. C'est chez Miles Davis que j'ai pris conscience de ce que je pouvais faire. Miles est un drôle de type, il ne parle pas beaucoup, on a toujours l'impression qu'il est de mauvaise humeur et que ce que font les autres ne l'intéresse pas. C'est très dur dans ces conditions de savoir exactement ce qu'on doit faire. Et c'est peut-être à cause de ça que je me suis mis à faire ce que je voulais. »

---

1. Entretien avec François Postif publié par *Jazz Hot* en janvier 1962.

À chaque remise en question, à chaque période de sa vie, il y a des avancées de géants, des prises de risques. Des mélanges, surtout : Miles a le don pour mettre dans le même orchestre des musiciens créateurs, des leaders qui n'ont jamais joué ensemble et en faire un cocktail définitif. Avec lui, le jazz est *la* grande musique contemporaine, nourrie de rencontres sous haute tension. Durant sa dernière période (1981-1991), écoutez sa connivence avec Marcus Miller, bassiste surdoué mais aussi compositeur multi-instrumentiste. Dans l'album « Tutu » (1986), leur collaboration fait une fois de plus exploser les frontières. Ces années-là, Miles se charge d'initier les enfants du rock au jazz en leur donnant à écouter une musique à la fois directe et sophistiquée, lyrique et virtuose. « Tutu » est dans cette veine. Une mélodie très simple et des couleurs (il y aurait un livre à écrire sur les couleurs des orchestres de Miles). Marcus Miller est encore à la manœuvre pour l'album « Amandla » (1989), toujours placé sous l'influence de l'Afrique du Sud. Sur cet album, on trouve un joyau, très pur : *Mr Pastorius*, écrit en hommage au bassiste décédé deux ans plus tôt. Il faut l'écouter et l'écouter de nouveau pour bien s'imprégner de son élégance, ce requiem dont la partie centrale se met à accélérer, suffisamment pour tendre la mélodie à l'extrême, avant de la faire reprendre son tempo de prière.

Oh bien sûr Miles fut aussi un insupportable tyran, un baiseur fou, un frimeur, un parano, un accro à toutes sortes d'alcools et de drogues, au point de s'arrêter de jouer entre 1975 et 1981. Mais son histoire, qui commence à East Saint Louis dans l'Illinois — ou plutôt un soir de 1944, quand l'orchestre de Billy Eckstine, avec Dizzy Gillespie et Charlie Parker, passa en ville et qu'on lui demanda de remplacer au pied levé un trompettiste malade —, son histoire folle est faite aussi de recherches permanentes. Ainsi, en 1972, profitant d'une période de convalescence après un accident de voiture, il étudie de près les théories de Stockhausen[1] qui lui font concevoir de toutes autres structures de morceaux. Miles reste celui qui a ouvert des voies, exploré, essayé, tenté. Et qui a fait largement aimer une musique qui pourrait s'appeler jazz.

Ou pas. Mais est-ce si grave ? Au début des années 1970, les critiques lui reprochèrent de ne plus « faire de jazz ». À quoi il répondait, alors que sa musique improvisée paraissait de plus en plus « décalée » : « Je fais du blues. » Le jazz va souvent au-delà de ses propres frontières, tout en gardant des racines profondes.

---

1. Le compositeur Karlheinz Stockhausen (1928-2007), considéré comme la figure majeure de la musique contemporaine de la seconde moitié du XXe siècle, semble avoir influencé aussi bien Frank Zappa que Cecil Taylor, Grateful Dead ou Pink Floyd que Herbie Hancock. Sa musique électronique, ses compositions sérielles, son travail sur le hasard, le timbre ou le temps intéressèrent Miles Davis au plus haut point dans les années 1970.

RENCONTRE AUX FRONTIÈRES, AVEC UN TROMPETTISTE DE JAZZ JAPONAIS DEVENU COMPOSITEUR INCLASSABLE

Le jazz est un monde, mais le jazz est aussi mondial. World music avant la lettre. Pardon pour le cliché. Un monde de rencontres et de croisements qui produisent parfois de la fureur et parfois de la fourrure, de la douleur ou de la douceur, de l'acoustique ou de l'électronique. Pour le démontrer, voici un souvenir de rencontre unique.

La scène se passe à Paris en 2009. Mon idée est alors, pour *Libération*, de tirer le portrait d'un trompettiste compositeur qui me fascine, mais dont je ne parviens pas à expliquer la musique. Inclassable. Énigmatique. En plus il est japonais ! Saut culturel, pas évident. Un compositeur ne se raconte pas, sa musique s'en charge. Surtout : Jun Miyake, né à Kyoto en 1958, est à la fois le secret le mieux gardé de la scène contemporaine et l'un des musiciens les plus originaux de notre époque, à la fois un phénomène inclassable et un artiste à l'oreille encyclopédique respecté sur trois continents. Vivant et travaillant à Tokyo, New York, Londres et Paris, il se rapproche finalement assez bien de la définition du créateur culte. Ses albums en tout cas le deviennent les uns après les autres, au fur et à mesure qu'il les sort. Peu d'apparitions dans les médias, mais il a travaillé avec les plus grands, de Pina Bausch à Bob Wilson, d'Oliver Stone à Philippe Decouflé.

Histoire de le cerner un peu, on pourrait dire qu'il est jazzman de formation, trompettiste, devenu un génie de la musique électronique world... Hal Willner, le producteur américain des plus grands artistes de la *beat generation* jusqu'à Lou Reed, dit de lui : « C'est la première fois que je rencontre un artiste ayant une telle compréhension et une telle maîtrise d'absolument tous les langages musicaux. Et dans mon parcours musical, c'est tout de même un exploit ! »

Je me retrouve donc un jour, déchaussé sur son tatami parisien, face à Jun Miyake, élégant et énigmatique. Je lui raconte que sa musique — son disque de bossa — fut l'un des seuls sourires d'une jeune fille — ma fille — alors qu'elle était en train de mourir... Il est touché. Il a lui aussi une fille. Il n'en parlera pas (tout juste signalera-t-il qu'il est un père célibataire). Il parle difficilement de lui. Il préfère parler musique. Et au fur et à mesure des questions, il répond en empilant entre nous, comme des cadeaux très précieux, des disques de son travail qu'il a gravés lui-même, à côté du petit bol de thé vert et de quelques biscuits artistiquement arrangés. Attentionné, de bonnes manières, mais secret.

Pour le connaître un peu mieux je ferai parler ses amis, ses partenaires de studio. Tous, comme s'ils s'étaient donné le mot, commencent par prononcer la même phrase : « La première fois que j'ai entendu ce qu'il fait, j'ai été scotché », ou

« Quand j'ai écouté sa musique je me suis dit : "Mais qui c'est ce mec ?" ». Je suis bien avancé. L'un de ses proches, le journaliste et grand découvreur de talents Rémy Kolpa Kopoul, m'ouvre alors quelques pistes : « C'est un dandy satiné, doux et brillant, il échappe à toute étiquette, il est aux antipodes du trash, il connaît tout de la musique électronique, et il a surtout des oreilles acérées, pointues... »

Son oreille n'est pas un héritage familial. Son père, scientifique de formation, « préférait le silence », aux dires de son fils. Mais le jeune Jun apprend quand même le piano ; ce qui ne lui plaît pas. Il aime déjà inventer des airs. À douze ans, il découvre le jazz avec les disques de Charlie Parker. Et l'improvisation comme ultime liberté. « J'ai décidé à cet âge-là de devenir musicien de jazz, sourit-il, et j'ai choisi la trompette à cause du son brillant et parce que c'est un instrument qui ressort, qui est devant... » Il apprend seul, comme il peut, pendant cinq ans, tout en écoutant les jazzmen de passage à Tokyo. Et un jour, il rencontre son maître, Terumasa Hino, la star absolue du jazz nippon. Il l'aborde après un concert et lui demande de le prendre comme élève. Le maître accepte et lui donne rendez-vous... à la gare. « Je ne savais pas pourquoi, mais je m'y suis rendu. » Ils prennent le train et Terumasa Hino lui demande de parler de tous les sons qu'il entend dans le wagon, de la musique qui sort des haut-parleurs, des bruits ferroviaires. Il teste l'oreille de son élève. C'est une histoire japonaise qui rappelle les initiations des maîtres zen. Là, au lieu de *koans* insondables, le maître demande au disciple de décrypter des sonorités. Arrivés à destination, le grand trompettiste écoute l'élève jouer de son instrument, sur la plage, et lui explique qu'il doit encore tout apprendre. La mère de Jun, inquiète, entend Terumasa Hino lui dire au téléphone que son fils doit partir aux États-Unis apprendre la musique. Dès que possible.

Jun travaille pour payer son billet d'avion et part à New York. Il est embauché dès son arrivée dans des clubs. N'importe quel groupe fait l'affaire : jazz funky ou traditionnel, il joue avec avidité. Puis il est admis au prestigieux Berklee College of Music de Boston, le saint des saints du jazz.

De retour au Japon après cinq ans, il joue du jazz partout, jusqu'à ce qu'il entende Miles Davis, son idole, faire son come-back. « Une énorme déception, j'ai compris à ce concert que le jazz, celui-là du moins, c'était fini. Moi, je voulais créer quelque chose de différent chaque jour… Ça m'a pas mal déprimé. Mais c'est à ce moment-là que mes oreilles se sont vraiment ouvertes. »

Parce qu'il commence à se faire un nom sur la scène tokyoïte, on lui propose de composer des musiques pour des spots publicitaires. Il trouvera dans cette contrainte maximale une source de création infinie. Pour des morceaux d'une minute, de trente ou de quinze secondes, pour Sony, Mercedes, Coca, Honda, BMW ou 7Up, il invente des univers sonores inouïs, dans lesquels il mélange de la basse reggae, des musiques de western spaghetti, de la samba, du jazz et de la musique japonaise traditionnelle. Au cours de ces années 1980 florissantes, il compose jusqu'à deux cents musiques par an. Il se constitue une matière expérimentale incroyable. Ce fou d'improvisation se retrouve à écrire des musiques millimétrées à l'intérieur de cadres ultraprécis. Primé dans tous les festivals de pub du monde, il peut ainsi continuer ses recherches.

Les années 1990 seront celles de la création pure. Une douzaine d'albums incroyables de densité. On retrouve parmi ses influences aussi bien Kurt Weill et Nino Rota que Satie, la bossa, le jazz et la musique contemporaine la plus aiguë. Les disques se succèdent. Il revisite les mondes les plus éloignés, du cabaret à l'exotisme, en produisant une musique à la fois sophistiquée et accessible, plaisante. « Je veux que ma musique soit naturelle, dit-il, qu'elle ait une nécessité, qu'elle coule. » Pendant cette période, il apprend l'importance d'être partout un étranger. Il voyage sans cesse. À Paris, sa vie paraît parfaitement réglée : piscine le matin, composition en début d'après-midi, pas trop tard, « sinon la musique dans ma tête ne s'arrête plus et m'empêche de dormir ».

Il est toujours en transit. Pour travailler sur un album ou une pub (même si les contraintes de ce milieu-là sont devenues vraiment très « contraignantes », à l'entendre), pour écouter les scènes du monde, découvrir de nouveaux partenaires de studio.

Il collabore avec les plus grands chorégraphes, avec des chanteurs inclassables, des jazzmen prestigieux, l'orchestre national de Bulgarie, des joueurs d'oud et des guitaristes brésiliens. Le jazz mène à tout, puisqu'il est mondial.

Qu'y a-t-il dans la trompette de jazz qui fait qu'elle est un instrument de leader, depuis King Oliver[1] et son Creole Jazz Band de 1922 où débuta Armstrong, jusqu'à Dizzy Gillespie, Miles Davis, Chet Baker ou bien d'autres ? L'instrument, soprano, est sonore et brillant, fort et impressionnant, il fait prendre des risques, il ne pardonne pas. Il défile en première ligne dans les fanfares de La Nouvelle-Orléans. Il tranche et entraîne. Ses solos, comme ceux d'une Reine de la Nuit, tutoient les sommets. C'est un instrument impérieux, qui s'impose.

---

1. Il jouait du cornet à piston, comme Armstrong à ses débuts.

6. SOLO DE VIBRAPHONE

À un moment, Lionel Hampton joue du vibraphone ou de la batterie. Forcément. Il y a toujours un moment où il débarque dans l'histoire du jazz.

En 2002, lorsqu'il a définitivement quitté ce monde, âgé de quatre-vingt-treize ans, Lionel Hampton n'avait abandonné la scène que depuis trois ans à peine. Il s'agirait, si l'on compte bien, de la plus longue carrière d'un musicien de jazz dans l'histoire de cet art. Après tout, il avait commencé à jouer de la batterie en public à onze ans dans les rues de Chicago...

On appelait Hampton « Hamp ». Et son long parcours de virtuose poly-instrumentiste heureux n'a été qu'une suite de surprises, d'intuitions et de coups de cœur. En octobre 1930, Louis Armstrong, qu'il accompagne à Los Angeles, lui demande d'abandonner la batterie et de jouer du vibraphone. Et Hamp invente pratiquement cet instrument (c'est du moins ce qu'on dit, car certains en avaient déjà joué) en tapant dessus presque comme sur des percussions. Six ans après, il entre dans le quartet de Benny Goodman, le roi du swing, et intègre donc le premier orchestre mixte de l'histoire du jazz, musiciens blancs et noirs jouant ensemble. Quatre ans plus tard, il forme son grand orchestre. Et en une décennie il pose les fondations du rythm'n'blues.

Il sera le premier jazzman reçu à la Maison-Blanche, un des musiciens noirs américains les plus honorés et décorés, mais surtout un virtuose et compositeur de génie qui ne cessera jamais de prendre un plaisir fou à jouer, jouer, et jouer encore...

Hamp garde la bouche ouverte sans arrêt. C'est un ancien bègue. Hamp bêle quand il joue — oui, il bêle — et répète *yeah, yeah* à chaque fin de phrase musicale. Hamp a un goût atroce, il a même enregistré des flamencos. Hamp est prêt à tout pour rester sur scène. Hamp s'incruste. Hamp a connu les deux Bush, le père et le fils. Hamp est impossible. Il faut le virer de scène sinon il reste des heures après le concert pour jouer n'importe quoi. Il descend même dans la salle jouer *When the Saints Go Marching In*, en gueulant, parmi le public. Il tape sur les fauteuils, lance des confettis (*des confettis dans un concert de jaaazz !*) et défile avec son orchestre dans les travées. Hamp ne sait pas se tenir. Hamp a toujours l'air joyeux, un véritable Oncle Tom ! Un républicain qui donnait trois cents concerts par an, en Chine, en Californie, à Paris, en Thaïlande, en Hollande, partout. Hamp n'a jamais passé son permis. Il a été élevé par sa grand-mère en Alabama puis à Chicago du temps d'Al Capone. Le petit Hamp a d'ailleurs joué pour lui une fois, c'était un copain de son oncle. Une famille de bigots, qui faisaient du whisky dans leur salle à manger. Et un jour, il a commencé à jouer pour Armstrong, puis pour Benny Goodman. Hamp a toujours eu de la chance. Hamp n'est pas un bon exemple. Ce n'est pas un drogué et il est resté avec la même femme, Gladys, pendant quarante ans. Il a toujours l'air ravi. Voilà : c'est le ravi du vibraphone, le joyeux de la batterie, le simplet du piano... Mais qu'est-ce qui le rend si joyeux ? Peut-être d'être l'un des plus grands virtuoses de l'histoire du jazz. Peut-être d'avoir rendu heureux des millions d'auditeurs. Sans doute aussi d'avoir toujours joué *sa* musique. D'avoir composé des milliers de morceaux, dirigé les plus grands solistes, joué dans le premier orchestre mixte, rencontré le pape et tous les présidents des États-Unis... Oui, ça doit être ça aussi qui le rendait si heureux.

Et puis, le jour de mon premier concert, il joua *A Taste of Honey*.

IMPROVISATION-FLASHBACK AU MIEL

L'introduction résonne là-bas, très loin sur la scène. Je suis au balcon, comme je l'ai raconté plus haut, accoudé à la balustrade. Je pleure. Je déguste. Le swing à l'état pur en quelques notes. Un miracle.

Toute ma vie, depuis ce jour-là, j'ai cherché à revivre cette émotion. Les concerts, les albums que j'ai écoutés c'était pour ça. Retrouver cet instant de pur bonheur. Les premières notes de *A Taste of Honey* par Lionel Hampton. Un accord de *la* mineur. Autant dire pas grand-chose si l'on considère l'histoire du jazz.

A Taste of Honey, un goût de miel… Oui j'ai pleuré en entendant ces quelques notes posées sur les lames du vibraphone avec une délicatesse infinie. Puis l'orchestre a rugi, car c'est un morceau bourré d'énergie quand même.

C'est d'abord la musique originale d'une pièce de Broadway écrite en 1958 par la Britannique Shelagh Delaney et jouée la première fois à New York le 4 octobre 1960 au Lyceum Theater. La partition de cette pièce est signée de Bobby Scott, un pianiste compositeur bien oublié aujourd'hui. Très doué. Cette musique fut un succès mondial. La pièce est en général classée dans la catégorie « *kitchen sink drama* », du mélodrame naturaliste. Jo, une adolescente du nord de l'Angleterre, abandonnée par sa mère ivrogne et nymphomane, tombe enceinte d'un marin noir qui l'a séduite un soir avant de l'abandonner. Geoffrey, un collègue de travail homosexuel et colocataire de Jo, prend en charge l'enfant et tous les trois deviennent une sorte de famille, avant que la mère de Jo ne débarque dans leur cocon… Le film a été primé de part et d'autre de l'Atlantique et a reçu le prix Un certain regard à Cannes en 1962.

La musique, quant à elle[1], a été interprétée par des dizaines de stars, depuis Lenny Welch, Herb Alpert et son Tijuana Brass Band, jusqu'aux Beatles en passant par Tony Bennett et Tommy Emmanuel. La chanson a d'abord été jouée comme un thème par des orchestres comme The Victor Feldman Quartet (en 1962) et Martin Denny & His Orchestra (aussi en 1962). Les Beatles l'ont mis à leur répertoire pour la première fois le 25 octobre 1962[2]. Paul chantait. La légende raconte que les Beatles haïssaient cette chanson, une vraie scie, un « tube » insupportable. Mais que, partout, le public la leur réclamait. Ils durent même en chanter une version en allemand !

Quant aux amateurs de variété française, les fans de Dalida se souviennent peut-être qu'elle l'enregistra en 1966 avec des paroles d'Eddy Marnay sous le titre *Je crois mon cœur*. C'était l'époque où les chanteurs français traduisaient tout ce qui ressemblait de près ou de loin à un succès anglo-saxon.

Mais revenons à Bobby Scott, l'auteur de ce succès sorti chez Atlantic en 1960 alors qu'il n'avait que vingt-trois ans. Natif de Mount Pleasant dans l'État de New York, il se distingua dans les années 1950 comme un excellent pianiste, chanteur, vibraphoniste… Et même parfois accordéoniste, bassiste, violoncelliste ou clarinettiste. Enfant prodige, il débuta sur scène à l'âge de onze

---

1. Écrite par Bobby Scott sur des paroles de Ric Marlow.
2. L'album « Live at the BBC ».

ans. Il a étudié à La Folette School of Music de New York, notamment avec un élève de Debussy, Edvard Moritz. À quinze ans il jouait déjà dans les orchestres de Louis Prima ou Gene Krupa. Son premier hit au milieu des années 1950 fut sa version de *Chain Gang*. Puis il se consacra à l'enseignement de l'harmonie, reprit son travail de compositeur… C'est ainsi qu'il composa *A Taste of Honey* pour cette pièce anglaise sordide.

Un air qui changea ma vie.

7. SOLO DE PIANO

Et voici que dans la pénombre du soir, dans ce chien-et-loup hésitant entre swing et blues, s'avance un quatuor de pianistes. Un carré magique de fantômes : Fats Waller, Bill Evans, Thelonious Monk et Joe Sample. La musique de ces quatre-là, à divers titres, est bienfaisante. Je peux en témoigner.

Fats Waller d'abord, né à New York en 1904, mort à trente-neuf ans près de Kansas City dans un train dont le chauffage était en panne. Le roi du piano *stride*, de l'orgue de jazz et des standards détournés. Avec lui on apprend que le jazz est spectaculaire et joyeux. On s'aperçoit qu'il peut aussi être ironique. Écoutez-le chanter des romances à la mode des années 1930 et les détruire à coups de rigolades clownesques et fines à la fois. Enfant prodige, organiste à dix ans, comique de cinéma, auteur ou co-auteur de quatre cents chansons, virtuose hypersensible, il est une illustration parfaite de ce que le jazz peut faire de plus complet avant la Seconde Guerre mondiale. J'ai collectionné compulsivement tous les albums de ce génie. J'ai usé ses vinyles à force de les écouter. J'ai appris sa vie par cœur. Comment par exemple, à la fin des années 1930, il devient le premier Noir propriétaire d'une maison dans un quartier entièrement blanc du Queens, comment il gagna le procès qu'on lui fit pour cette raison et comment d'autres grandes figures du jazz, comme Count Basie ou Ella Fitzgerald, vinrent habiter dans ce quartier. Et comment près de quatre mille personnes se rendirent à l'enterrement de ce roi de Harlem, avant que ses cendres ne soient dispersées depuis un avion piloté par un vétéran noir de la guerre de 1914, au-dessus de Harlem justement.

Aujourd'hui encore, si un coup de blues se profile, il sera comme un vieux pote, toujours là pour me soutenir avec ses propres blues transmutés en joyeux foutoirs. Ses morceaux étincelants de piano joués seuls et les éclats de sa petite formation aux accords un peu embrumés par la fumée des clubs ou les vapeurs de l'alcool.

Puis il y a Bill Evans, aux antipodes de Fats Waller. Question de cours : qu'y a-t-il de commun entre Fats Waller le rigolo et Bill Evans l'introverti ? Trois choses : le swing, le swing et le swing. Quoi ? Bill Evans swingue-t-il ? Il balance oui. Son émotion, sa virtuosité retenue, sa précision le font swinguer totalement. Et Bill Evans a lui aussi une vraie passion pour les standards sentimentaux. Bien sûr, sa vie fut tragique, marquée par la drogue depuis son premier engagement avec Miles Davis jusqu'à sa mort. « Le plus long suicide de l'histoire », disait de lui son ami Gene Lees, rédacteur en chef de la revue *Down Beat*. Malgré cette tragédie, Bill Evans est un compagnon solide pourtant, bien fidèle quand il s'agit de remettre ses idées en place, de retrouver la sérénité.

Thelonious Monk, c'est pareil. On peut toujours écouter du Monk, c'est toujours nouveau, toujours énigmatique et réconfortant. Et ses silences, ses fameux silences, le rendent encore plus passionnant. Oui c'est un personnage, une star du jazz qui aurait aussi pu être une rock star, unique, troublant. John Coltrane parlait de lui en ces termes : « Avec Monk j'avais énormément de liberté. Après deux morceaux il fichait le camp boire un verre ou rester à regarder par la fenêtre. Nous improvisions sans contrainte aucune en explorant nos instruments comme des fous[1]. »

Monk est un des grands mystères du jazz. Il est né en 1917 alors qu'est enregistré le fameux premier disque de jazz. Si l'on veut le redécouvrir d'une autre manière, on peut écouter le travail superbe du trio du pianiste Laurent de Wilde réinterprétant ses morceaux de façon parfois déstructurée, parfois *groovy*, y injectant de la virtuosité ou des ambiances multiples. Laurent de Wilde est un merveilleux pianiste qui fait vivre la musique de Monk de nos jours avec beaucoup de profondeur et de brillance, transformant ses interprétations en puissants exercices d'admiration.

---

1. Chris DeVito, *Coltrane on Coltrane : The John Coltrane Interviews*, A Cappella Books / Chicago review Press, 2010.

Le jazz se moque des époques, il y a des standards éternels que l'on peut jouer de mille manières. Et des morceaux de Monk dans lesquels on a envie de se perdre avec un musicien généreux comme Laurent de Wilde[1].

Évidemment on ne peut qu'avoir envie, après une heure et quelques de concert, d'écouter quelques morceaux de Monk, des originaux. Pour moi, ceux donnés en quartet à Oslo sur la scène du musée Munch en 1966 sont exemplaires de son style, de sa grâce (oui) et de sa folie (appelons les choses par leur nom).

Tout devient minimal et tordu avec Monk, mais tout s'emboîte en parfaite logique. Ben Riley avec sa batterie réduite à sa plus simple expression (caisse claire, grosse caisse, une charleston et une cymbale, des balais) produit un solo gigantesque. Pourquoi même ses rythmes à lui paraissent-ils pleins de pauses et de notes appuyées ? La magie monkienne envahit tout. De l'humour ? Il y en a aussi. Sans doute. Mais il ne rit donc jamais, ne sourit donc jamais ? Non, non, Monk ne fait pas ce show-là. Il fait danser les notes, tout danse, ses pieds, ses jambes pendant qu'il joue... Ils se tordent, ils frappent... Je vous le rappelle, le jazz est une musique syncopée. Tout le monde ou presque le sait. Le Larousse nous explique que la syncope est un « procédé rythmique qui consiste

---

1. On trouve son concert du théâtre de Vanves d'octobre 2017 sur YouTube. Dégustez-le, il vous donnera le sourire et de la bonne énergie.

à déplacer, en le prolongeant, un temps faible sur un temps fort ou sur la partie forte d'un temps ». On prolonge, on déplace. Monk déménage, lui. Et pas qu'un peu. Il y a de la rupture dans le rythme, comme qui dirait, du fort dégagement. Une fois qu'on y a goûté, c'est l'addiction. Comme du crack.

Monk est un compositeur essentiel. Il a écrit tellement de morceaux qu'on a parfois l'impression que tout ce qui s'est passé après 1947 et ses premiers albums sous son nom, tout ce qui s'est joué depuis lui doit un peu quelque chose. Jusqu'à Prince (ce n'est pas moi qui le dis, c'est Miles Davis dans son autobiographie). Allez savoir. Vous regardez un pianiste coiffé d'un chapeau bizarre, d'une toque, d'un couvre-chef étrange, chaque fois différent, une barbe, des grosses bagues qu'il tourne entre deux accords venus d'on ne sait où. Ce gars-là, Thelonious, a écrit des dizaines et des dizaines de morceaux (dont des tubes : *Round Midnight*, *Blue Monk*, *Straight, No Chaser*...) d'une puissance incroyable.

Pianiste ? Il a appris à jouer à six ans, comme Fats Waller. Après il s'est débrouillé, il a vite joué en orchestre, même pas fini le lycée. Comme Fats Waller. Vite sur la route, dans des clubs à Manhattan. Il a enregistré une cinquantaine d'albums de son vivant. Voilà. Monk est un génie du jazz mort en silence en 1982 : depuis six ans il ne jouait plus, il ne parlait presque plus. Il vivait chez la mécène des boppers, Pannonica de Koenigswarter, chez qui Charlie Parker était mort en 1955. Silence et on n'a pas besoin d'en dire plus...

Un autre grand silence est tombé sur moi, le 12 septembre 2014, quand j'ai appris la mort de Joe Sample sur Twitter. J'étais en Gironde pour la rencontre littéraire des « Vendanges de Malagar », chez Mauriac. Peut-on imaginer univers plus lointains que ceux de François Mauriac et du pianiste texan jazz-funk Joe Sample ? Né à Houston en 1939, compositeur puissant, fondateur du groupe mythique des Crusaders, ce fut un sensationnel claviériste (oui, ce mot est moche, je sais). Joe Sample est le créateur d'un style funk-soul doux, un jazz élaboré et très simple, inspiré et léger. Il est à la fois un leader d'orchestre et un *sideman*, un accompagnateur au son reconnaissable entre tous, un requin de studio si l'on veut. Il a joué avec des tas de chanteurs ou de solistes, de Miles Davis à Joni Mitchell ou Michael Franks. Ce dernier, à la mort de Joe Sample, a écrit sur sa page Facebook qu'il était un « équilibre entre sacré et profane, des pierres précieuses de lyrisme dans du granit de funk ». J'aime entendre les musiciens parler d'autres musiciens. Michael Franks évoque l'aspect fluide et naturel des compositions de Sample, sans effort apparent, tout en évidence.

Pour moi Sample fut, à une certaine époque, un compagnon quotidien dont les albums m'aidèrent chaque soir quand je sortais de mon travail au journal à reprendre courage, à oublier un peu que mon pote Erik venait de mourir. Il y a des musiques comme ça, qui marquent une époque et pour lesquelles on éprouve beaucoup de gratitude. J'insiste : de la gratitude pour la musique. Le jazz est une musique généreuse quand on s'y plonge sans retenue. Vous y trouverez toujours de grandes ressources pour accompagner votre blues, puis pour rebondir. La musique de Joe Sample est bondissante et douce, funky et simplement sophistiquée. Elle ne s'impose pas, elle vous invite à marcher à son rythme et son rythme est tout à fait naturel, évident. Et quand en 2006 il jouait avec le tromboniste scandinave Nils Landgren, le Suédois le plus funky de la terre, il faisait sauter la baraque autant que lorsqu'il tricotait sur scène en 2000, avec George Benson, *Hipping the Hop*, un fil incroyablement virtuose. Vite, si ce n'est déjà fait, découvrez Joe Sample, pour une autre vue sur le jazz, entre les studios de Los Angeles et les scènes mondiales.

8. SOLO DE GUITARE :
EMILY REMLER
ET AUTRES MÉTÉORES

    Emily Remler est née en 1957 à New York. Elle commence à jouer de la guitare à dix ans. Elle joue du rock, puis au Berklee College of Music, en 1979, elle se met au jazz. Pour toujours. C'est une éternelle jeune femme qui a passé sa vie en jazz. Elle est morte le 4 mai 1990 d'une « insuffisance cardiaque » alors qu'elle était en tournée en Australie. À trente-deux ans. Entre-temps, elle a donné huit excellents albums (standards, hard bop, fusion) ; elle a enregistré des tutoriels vidéo pour transmettre son savoir sur le jazz ; elle a joué dans le monde entier et elle a été mariée de 1981 à 1984 avec le pianiste de jazz Monty Alexander. Voilà sa vie. Elle allait devenir une star. Elle l'était déjà dans de nombreux cercles. Son jazz, influencé au départ par Wes Montgomery et Herb Ellis, nourri de musique brésilienne, de musique électronique aussi, s'appuyait sur une virtuosité fluide, solide et extrêmement expressive.

    Elle avait, comme on dit, un problème d'addiction à la drogue, comme tant d'autres musiciens de jazz. Est-ce cela qui lui coûta la vie ? Peu importe. Il nous reste ces pistes, ces improvisations époustouflantes dans de nombreux styles, ce son plein et sombre à la fois... et ce look éternellement ancré dans les années 1980. Elle disait : « J'ai peut-être l'air d'une gentille petite Juive du New Jersey, mais à l'intérieur je suis un quinquagénaire noir bien costaud avec un gros pouce, comme Wes Montgomery[1]. » La magie du jazz.

Charlie Christian, lui, est mort le 2 mars 1942 à l'hôpital-sanatorium Seaview sur Staten Island, New York. Il avait révolutionné la guitare électrique en l'utilisant en virtuose et en installant, dans les pas du grand saxophoniste ténor Lester Young, un style bien à lui d'accompagnement, d'accords renversés, d'arpèges inouïs, de notes répétées. Ce natif de l'Oklahoma allait influencer des guitaristes majeurs comme Wes Montgomery ou Barney Kessel. Même Charlie Parker disait avoir été marqué par le jeu de Charlie Christian. Qui ne vit jamais le grand triomphe du bebop puisqu'il mourut trop tôt. En 1942, il avait vingt-cinq ans, la tuberculose...

Wes Montgomery, ce géant de la guitare (mort en 1968, à quarante-cinq ans), racontait que son histoire commença chez lui à Indianapolis, à dix-neuf ans, quand il entendit le morceau *Solo Flight* de Charlie Christian. Un an plus tard, il entamait sa carrière en reprenant ses solos, qu'il avait appris à l'oreille. La technique unique de

1. Entretien à *Down Beat*, mai 1989.

Wes Montgomery, en octaves et en accords, influença de nombreux guitaristes de jazz. Dont Emily Remler.

Il jouait uniquement avec son pouce et renvoyait ainsi un son plus doux, velouté presque, le même que celui qu'Emily Remler produit lorsqu'elle abandonne le médiator pour pincer les cordes avec ses doigts.

Mais pourquoi ne parler que des guitaristes morts, et morts jeunes en plus ? Alors qu'il y a des tas de bons musiciens sur les scènes actuelles, des virtuoses brillants, de fins créateurs ? Parce que le jazz est une création continue, il faut de temps en temps remonter le fil. Et même les fils interrompus.

Django Reinhardt est mort à quarante-trois ans, mais il a composé suffisamment de musiques et enregistré suffisamment de morceaux au cours de sa vie pour influencer des centaines de guitaristes roms, manouches, sinti et gitans — et bien d'autres — encore un siècle après sa naissance (en 1910). Un météore, une étoile filante, unique, un bolide dans le ciel du jazz. Django peut se résumer en quelques éclairs sublimes : les premières notes de ses solos qui chantent comme si elles s'envolaient d'un orchestre entier, un big band intérieur, des cordes et des trompettes, des sax et des clarinettes ramassés en quelques vibratos incroyablement romantiques, parfaitement lyriques. Du génie pur au bout de ses deux doigts.

J'ai toute une collection de guitaristes de jazz à faire découvrir en marge des stars internationales que l'on cite tout le temps, les Joe Pass, Kenny Burrell, Pat Metheny, George Benson ou Biréli Lagrène.

Prenez le Canadien Lenny Breau, guitariste mort en 1984 à quarante-trois ans, lui aussi. Discret harmoniste, créateur d'un style hérité de la guitare espagnole, du folk et du jazz, il cisèle ses morceaux, innove sans cesse, touche l'âme au plus profond avec des sons d'une richesse et d'une légèreté uniques. Il a commencé à jouer de la guitare à huit ans. Plus tard, il s'est pas mal drogué dans les années 1960 et jusque dans les années 1980. On l'a retrouvé mort dans la piscine de sa résidence à Los Angeles, étranglé, le 12 août 1984. Quarante-trois ans, le même âge que Django... Mais aussi que Grant Green, né à Saint Louis (Missouri) en juin 1935, autre fils spirituel de Charlie Christian, qui a porté haut les couleurs d'un jazz bop, hard bop, funky et latin, composant, jouant, créant comme un forcené pendant près de vingt ans, entre 1959 et 1978. Problèmes d'héroïne, lui aussi, dans les mêmes années que Lenny Breau, puis d'autres problèmes plus tard. Il est mort d'une crise cardiaque dans sa voiture, à New York, en voulant aller jouer une dernière fois au club de George Benson, le Breezin' Lounge.

Les musiciens de jazz ne sont pas raisonnables. Ils n'écoutent pas les conseils des médecins, ils écoutent leur musique intérieure car ils ont de la musique à inventer chaque fois qu'ils jouent, pas seulement des morceaux à interpréter, mais des mélodies à créer. L'improvisation conduit-elle à l'addiction ? Question de cours. Vous avez deux heures. Deux heures pour vous plonger dans les méandres des années 1950, 1960 et 1970. Mais aussi dans les histoires de Louis Armstrong se faisant attraper par la police californienne en train de fumer de la marijuana dans les années 1930. Je sais ce que vous allez me dire. Et les autres, alors, ceux qui ne se droguaient pas, ceux qui ne buvaient pas ? Comme Lionel Hampton par exemple ? Oh certes il y a bien quelques employés de bureau du jazz, de gentils petits soldats, fabriqués à la chaîne par les big bands, les écoles ou les universités. Mais ils ne sont pas si nombreux et pas très spectaculaires. Il y a surtout ceux qui sont *addicts* à autre chose : Jésus par exemple, ou Allah, ou la grande colère, la formidable révolte. Il faut de la passion dans le jazz, de la fureur, de l'obsession pour tenir le rythme d'une contrainte quotidienne incroyable : improviser, concert après concert.

Attention, la guitare ne se résume pas à mes chers disparus. Au contraire, la scène des guitaristes de jazz depuis le début du XXIe siècle est en perpétuelle recomposition. Des guitaristes doués, géniaux, joyeux ne cessent d'apparaître. Prenons un seul cas, peu connu mais très swigant : Yotam Silberstein. Né à Tel-Aviv, il est issu de la même génération que le trompettiste Avishai Cohen et pas mal d'autres musiciens israéliens surdoués. Il s'installe à New York en 2006 et y entame une belle carrière. Dans les clubs. Son jeu vient de celui de Pat Martino entre autres génies, très délié, enchaînant les riffs nerveux et les morceaux très rythmés, speed. Classique donc, post-bop, tout ce qu'on veut, mais précis, puissant… Heureux, en somme. En duo avec le pianiste Carlos Aguirre il atteint des sommets de virtuosité. Accompagné du grand bassiste John Patitucci il s'envole. Vous voyez bien qu'il y a des guitaristes vivants…

9. SOLO DE BASSE

… C'est d'abord le solo de basse de *You Must Believe in Spring* d'Eddie Gomez qui prend la parole après l'introduction et l'exposition du thème de Michel Legrand par Bill Evans. Cela se passe en 1977, l'album éponyme ne sera diffusé qu'en 1981, après la mort de Bill Evans. Avec Eddie Gomez, on est véritablement plongé dans une composition instantanée, l'improvisation deviendra une mélodie en tant que telle. Je l'ai écouté des centaines de fois, ce solo. Dans le jazz, on peut ainsi découvrir et redécouvrir sans fin les finesses d'une improvisation. Même si je la connais par cœur, elle raconte une nouvelle histoire à chaque écoute. Dépendant du contexte, du moment, de l'état mental dans lequel je suis, j'y trouve des contre-pieds, des surprises, des mélodies enchevêtrées, des références et des citations.

… C'est ensuite le même Eddie Gomez qui expose le thème d'*Embraceable You*, longuement, seul, impérial, Bill Evans restant silencieux à côté du batteur Jack DeJohnette. Gomez tisse la mélodie en force, ses grosses cordes vibrent encore plus fort que pendant un solo classique. Là, c'est lui qui lance la musique. Étrange répartition des rôles. Sur l'album enregistré en juin 1968 à Hilversum, alors que Jack DeJohnette — à l'origine pianiste — fait ressortir toutes les nuances mélodiques de sa batterie, Eddie Gomez traite parfois sa contrebasse comme un instrument de percussion... Et parfois comme un instrument leader.

... C'est Charlie Haden qui pose quelques notes sur *The Left Hand of God*, des notes simples qui résonnent comme un orchestre tout entier. Le morceau se trouve sur l'album « Now Is the Hour » de son Quartet West, enregistré en 1995. Ce morceau est composé en deux parties. La première est l'exposition du thème par Charlie Haden, lentement, avec en fond le lit de violons tiré de la bande originale du film. Sur cette toile, Charlie Haden dépose une à une ses notes ; il grave une mélodie à la fois puissante et douce, nostalgique et sombre. Il l'expose deux fois, laisse remonter les violons, puis redessine la ligne encore une fois, en improvisant très légèrement. Les violons reviennent, puis lui à nouveau, tirant la mélodie jusqu'au bout. Comme une respiration. Dans la seconde partie du morceau, le quartet prend la suite. Alan Broadbent au piano rafraîchit le son, fait couler les notes à contre-courant, avec toujours ce lit de violons, puis Ernie Watts, impérieux au saxophone... Tout cela en 7 minutes et 48 secondes de bonheur total. Tout cela fondé sur l'autorité absolue de la basse de Charlie Haden

... C'est Avishai Cohen, l'autre, et sa puissance rythmique et mélodique. Martelant *Dreaming* ou *Remembering* à la tête de son trio fabuleux, il fait chanter sa basse et la transforme tantôt en percussion, tantôt en instrument à vent. Un roi de la scène, un leader tout en force.

... C'est le vieux Slam Stewart fredonnant à l'octave en jouant à l'archet. Quand il revint à la mode dans les années 1970, ce soliste star des années 1930 nous paraissait fabuleux par l'histoire qu'il représentait et la fraîcheur qu'il avait gardée. Il joua même sur la bande originale du film *Calmos* de Bertrand Blier en 1976. Georges Delerue avait composé la plus belle des marches pour lui.

... C'est Mingus, bien sûr. Et Jaco Pastorius.

PASTORIUS
ET LA MYTHOLOGIE GRECQUE

Ce que j'aime avec la basse — entre autres détails — c'est le nom des « modes[1] » dont les bassistes (comme d'autres musiciens, mais surtout les bassistes) font leur miel : ionien, éolien, lydien, dorien, locrien, phrygien, mixolydien... Pour moi qui ne joue pas de basse, cela évoque un pont magique entre l'Antiquité grecque et le jazz ou le rock. Les passages de *La République* où Platon

---

1. Le mode est l'organisation des hauteurs d'une échelle autour de la note de base, la tonique. Chaque mode a sa sonorité propre liée à sa tonique et ses intervalles.

critique les modes lydiens et ioniens comme trop mous et peu propices à exalter la vaillance du peuple. Ces modes déclenchent dans mon imagination l'image d'un joueur de Fender casqué d'or jouant parmi les lyres et les flûtes de Pan.

Exactement la figure de Jaco Pastorius et son bonnet, ou ses chapeaux divers, secouant sa basse au-delà du possible, la faisant vrombir devant un orchestre rugissant qu'il dompte sans avoir l'air d'y toucher, la jetant en l'air à la fin d'un morceau de fou. Plongé aux enfers à la suite d'Orphée, le public Cerbère va devoir filer doux, chavirer, tanguer, comprendre à qui il a affaire. Jaco va le faire sortir du domaine de la mort, avant de repartir dans le labyrinthe infernal. Tournant les talons, il plonge, il s'enfonce. À la fin de sa vie, on le retrouve S.D.F., insupportable musicien fatigué qui s'invite dans des orchestres qui ne veulent pas d'un représentant en musiques infernales, ombre de studio, puis ombre de la rue. Il meurt à trente-six ans.

Depuis Mingus, on n'avait pas ainsi dirigé un orchestre entier depuis sa basse. Jaco l'a fait et il a fait exploser tout le bazar. Lui avec. Contrairement à Mingus, tout entier dans sa colère, sa rage, Jaco partait d'une autre planète.

ÇA DÉRAPE SUR LA HIGHWAY 55

Et sans transition, un jazz joyeux et heureux : le bassiste Nathan East, sa grosse basse à six cordes et sa voix qui fredonne à l'unisson dans *101 Eastbound* du groupe Fourplay. Cela s'appelle du *smooth jazz* et je voudrais dire que l'on peut aimer le jazz depuis toujours comme je l'aime, le bop et tout le reste, et apprécier aussi le smooth jazz d'aujourd'hui. Oui, du jazz fusion, descendant du jazz-rock ou du groove ou que sais-je ? Je me fous des catégories. Le jazz est libre et ses goûts multiples. Bref, j'aime ces mélodies faciles, groovy, sexy, douces, les compositions de Bob James (le leader de Fourplay) et ses improvisations fines au clavier, la virtuosité de Lee Ritenour à la guitare, celle un peu plus sèche de Larry Carlton sur ce même instrument.

Je vais vous dire mon secret : dès que j'arrive à Chicago (chaque année ou presque), dès que je monte dans ma voiture de location, je branche la radio sur 95.5 Smooth Jazz, ma station favorite pour rouler. Et je prends la 55 vers le sud, vers Bloomington et Springfield. Et là je me régale de choses pas du tout casher au festin des amateurs de jazz. Du George Benson, du Sade, du Fourplay, du David Sanborn, des sax sirupeux, des trucs pas croyables... À la bonne vôtre, les puristes !

10. SOLO DE BATTERIE

Puis, vient le solo de batterie. Après la basse qui nous a entraînés dans des profondeurs mélodiques apaisantes et parfois virtuoses, le piano reprend la parole pour distribuer les rôles. Maintenant c'est au tour de la batterie.

Dans l'enregistrement de *Salt Peanuts* au Massey Hall de Toronto, après l'intro et les cris de Dizzy Gillespie, il y a d'abord le sax de Charlie Parker, la trompette de Dizzy, le piano de Bud Powell... L'ordre traditionnel des solos. Des solos brillants comme il se doit, enlevés, un peu mis en scène, pimentés de citations, avec des transitions soignées entre les solistes (et pas mal de bruits de la salle, des remarques des musiciens aussi, les blagues de Dizzy...).

Puis vient le solo de Max Roach, la batterie éclate et soudain rien n'existe d'autre que cette scansion de la grosse caisse, les roulements, les baguettes qui s'envolent : *tom, tom*, caisse claire, *tom tom*, le beat de la grosse caisse toujours, *bam bam bam bam*, encore, les *toms*, puis la cymbale charleston prend la parole, quelques roulements et le cri de la fin : « Salt peanuts ! »

Max Roach a non seulement assuré ce battement pendant tout le morceau, il a souligné, relancé, balancé, il a explosé en solo mais c'est aussi lui qui conclut.

Max Roach (1924-2007) n'est pas un batteur comme les autres. C'est un inventeur, un créateur et un compositeur. Avec Kenny Clarke, l'autre grand batteur bebop, ils ont imaginé une tout autre façon de jouer. Grâce à leurs expérimentations, la batterie ne sert plus uniquement à donner le tempo : elle devient un instrument de premier plan, dont on joue avec ses quatre membres. Chacune de ses parties chante à son tour, tandis que la cymbale ride donne les quatre temps. À la fin des années 1940, la batterie est un instrument qui soutient, certes, mais qui chante aussi, un chant de joie ou de colère.

Max Roach fut — comme Mingus, avec lequel il milita en musique aussi — un compositeur engagé dans les droits civiques des Afro-Américains, un révolté sans concession, mais avec beaucoup de talent.

La virtuosité des batteurs s'exprime de manière unique : ils sont les fondations de la plupart des morceaux de jazz. Le beat, c'est eux. Ils soutiennent l'ensemble. Alors quand ils prennent leur solo, certains vont la jouer mélodique et d'autres spectaculaire. Les batteurs de big band optent souvent pour la seconde voie.

Jo Jones fut un des grands hommes de la

batterie. Il entraîna notamment le big band de Count Basie entre 1934 et 1948, les années de la gloire. Avec Walter Page à la contrebasse et Freddie Green à la guitare, ces trois-là donnaient une base swingante, souple, bondissante au grand orchestre du Count. Une machine à faire du swing. Puis Jo Jones a joué avec les meilleurs solistes de la vague *middle jazz* dans les années 1950 et 1960, se tenant à l'écart du bebop avant de faire une grande tournée européenne avec Milt Buckner à partir de 1969. À leurs côtés, le bassiste Slam Stewart et quelques sidemen. Et à presque chaque représentation, il jouait un interminable solo sur *Caravan*... On voyait Jo Jones sur scène, on savait qu'il allait nous servir ce solo-là.

Jo Jones a la grande classe. Il la tient de ses années assis au sommet de l'orchestre de Count Basie. Il en a gardé l'attitude royale de l'homme qui tient un orchestre au bout de ses baguettes (comme Buddy Rich ou Gene Krupa). Norman Granz, producteur des concerts de *Jazz At The Philharmonic*, l'appelait « The Main Man ». Son jeu est à la fois solide et imprévisible, très créatif et tonique, joyeux et stimulant.

Il a aussi joué de ces longs solos de batterie qu'on ne sait pas trop comment écouter. Pure virtuosité certes : le beat du morceau que l'on retrouve à l'état pur, des montées et des descentes, le tour des cymbales, le rythme décomposé jusqu'à en obtenir la quintessence avec deux ou trois notes murmurées, puis la grosse caisse qui relance et c'est reparti. Combien de mesures déjà ?

Où en est-on ? On est un peu perdu. Lui a l'air de savoir, donc tout va bien.

Évidemment on est, avec le solo de batterie, dans le jazz des origines, les origines du jazz même, la pulsation originelle, le beat africain d'où tout procède. Peut-être faut-il s'en tenir à ce niveau d'écoute, même si certains batteurs sont de fins mélodistes qui font aussi chanter leurs fûts et leurs cymbales. On se laisse aller, donc, on lâche prise et le solo de batterie se développe autour d'un discours qui tient de la danse. Le batteur est sans doute le soliste le plus spectaculaire car il danse sur les pédales de sa grosse caisse et de sa cymbale charleston.

Certains batteurs sont aussi des danseurs de claquettes, comme le grand Buddy Rich, ou des showmen impressionnants, comme Lionel Hampton jonglant avec ses baguettes et sautant à pieds joints sur son tom basse, ou Gene Krupa. Jo Jones lui-même, derrière son instrument, ressemble parfois à un danseur de tango, très droit, tête relevée, fusillant ses peaux et ses cuivres du regard, défiant le public, changeant d'expression brusquement. Attirant l'œil du spectateur dans un coin de ses caisses, puis frappant ailleurs, faisant voler ses baguettes au-dessus des cymbales.

Pendant certains solos de batterie, les autres membres de l'orchestre se lèvent et s'en vont. Je me suis toujours demandé la signification de cette attitude, et surtout : que font-ils pendant ce moment d'absence ?

FLASHBACK EN DOUBLE ROULEMENT

La scène se passe en 1972, dans une salle sur le campus de Columbia, Missouri. La place est chère. Rien à voir avec les coffee-shops où l'on entre pour le prix d'une *root beer*. Le concert est un vrai concert de jazz, sérieux et très pro. Je me suis payé le billet avec mon maigre salaire de peintre en bâtiment au black (à Columbia, il y a des centaines de maisons en bois qu'il faut peindre et repeindre, un job d'étudiant idéal). J'en reviens justement, j'ai l'impression de sentir encore le white-spirit dans mes jeans pat' d'eph'.

Le big band de Buddy Rich est en ville. Sur scène, les musiciens s'installent. Ils ont des favoris ou de grosses moustaches bien taillées, ou les deux, des brushings impeccables et arborent des vestes croisées bleu marine avec boutons dorés. Ça sent l'orchestre bien tenu.

Le maestro arrive sur scène, s'approche du micro et dit quelques mots : « Hello à vous chers amis de… où on est déjà ? Columbia, Missouri, ah oui… » Il dit ça en souriant méchamment, comme il dirait « nullepart-land ». Mauvais feeling. Ce mec est insupportable d'arrogance. Puis il s'installe derrière ses fûts et ses cymbales et lance son orchestre. Impérial.

Et là, chers lecteurs, il s'agit d'une des plus belles leçons de jazz que j'ai reçue.

Ce Juif de Brooklyn, né en 1917 de parents artistes de music-hall, autodidacte, enfant prodige de la batterie (sur scène à deux ans, à onze ans il avait déjà son orchestre), danseur de claquettes, est devenu le meilleur batteur de tous les temps selon les critiques. Il a accompagné *tous* les plus grands avant d'avoir son propre big band en 1966, jusqu'à sa mort. Virtuose spectaculaire au caractère de cochon (une vraie star quand même), il dirigeait son orchestre depuis la batterie en dépensant une énergie prodigieuse, sans avoir l'air d'y toucher. Ce soir de 1972, il fit le métier, mais ce métier-là était tout simplement impeccable. Le jazz a produit quelques monstres de cet acabit, capables d'atteindre l'excellence chaque soir en tournée, de donner à entendre des rythmes et des sons parfaits ; de fabriquer soir après soir de la jubilation pure.

11. REPRISE DU THÈME

Coda : bien sûr, tout cela se discute, il y a autant de visions d'écoutes du jazz que d'enthousiastes. Bien sûr, ça jazze autour du son et du bonheur, de la joie et de l'allégresse sur scène.

Il y aurait tant à dire sur la jubilation que l'on éprouve lors d'un concert de jazz. Prenez ceux du saxophoniste, compositeur et chanteur Thomas de Pourquery[1] par exemple (oui, par exemple). Gaîté Lyrique à Paris, automne 2017, ce saxophoniste énorme, ce performer surdoué et généreux fait chanter la salle, après l'avoir fait swinguer, balancer, chavirer. Ce n'est pas pour rien que le groupe se nomme Supersonic. Il y a de tout dans ces sons, des appels et des mélodies, des élans et des cris. Thomas de Pourquery a le don pour faire bouger une salle, la faire se lever. Le public est avec lui, de bout en bout. C'est un talent de jazzman, ça.

---

1. Écoutez son album de 2014 « Thomas de Pourquery & Supersonic Play Sun Ra » (Quark Records), meilleur album aux Victoires du Jazz cette année-là. Thomas de Pourquery a ensuite été sacré artiste de l'année aux Victoires du Jazz 2017.

Faire se lever une salle. Un talent venu du fond des âges du jazz, quand il faisait marcher en chaloupant dans les rues de La Nouvelle-Orléans et danser dans les bordels de Storyville, le quartier qu'il fallut fermer un jour pour sauvegarder la morale.

Pour moi, le jazz fait vibrer à l'intérieur. Et à l'extérieur. Même un solo de contrebasse très doux de Charlie Haden accompagné *mezzo voce* par la guitare de Pat Metheny me fait vibrer et me donne envie de l'écouter debout. Alors si c'est Avishai Cohen et sa contrebasse d'un autre monde, là cette musique me propulse carrément ailleurs. L'énergie que projette cette contrebasse fait se décoller du siège. Pareil pour le saxophone alto de Thomas de Pourquery. Il chante sur tous les tons, tous les sons, de toutes les couleurs, de toutes les saveurs. Étonnez-vous, après ça, que la salle ne puisse plus se calmer à la fin du concert. La jubilation, l'énergie a été si intense, le swing continue de couler dans les veines de chacun. C'est ce qu'on éprouvait à la fin d'un concert de Lionel Hampton dans ses grandes années. Ma fille aînée s'en souvient : l'été 1978, alors qu'elle était encore dans le ventre de sa mère, elle mit longtemps à se calmer après avoir « assisté » à un concert du grand orchestre de Hampton au festival d'Andernos, en Gironde. L'énergie de Hampton, les vibrations des cuivres et du vibraphone la faisait danser dans tous les sens. Il n'est jamais trop tôt pour apprécier le son du jazz !

Car le jazz est aussi une histoire de son. Le

slogan du label culte ECM Records, n'est-il pas « ECM : the next best sound to silence » ? Il y a donc des sons en conserve et des sons vivants. Quand on écoute des enregistrements des années 1950, comme ceux dont je parlais au début de cet éloge, on comprend vite ce que je veux dire. Les sons en conserve sont ceux que l'on trouve dans ces innombrables collections d'anthologies, de vieilleries qui gratouillent et semblent venir de très loin. Qu'entend-on alors ? Des évocations de morceaux. Un swing présent certes, mais lointain, et des mélodies étouffées.

UNE LEÇON DE SON

Un jour, en 2003, j'ai eu envie de rencontrer un magicien du son, le producteur Francis Dreyfus, du label « éponyme », comme on dit, Dreyfus Jazz. Je voulais le rencontrer pour plusieurs raisons — j'y reviendrai — mais surtout pour le choc ressenti à l'écoute des enregistrements de sa collection « Jazz Reference » : des morceaux de Billie Holiday, Charlie Parker, Erroll Garner ou Stan Getz comme si on y était. Aux antipodes des compilations qui grattent, concoctées à la va-vite avec des fonds d'albums tombés dans le domaine public. Cette collection avait un son incroyable pour des enregistrements du milieu du XXe siècle.

Pour le situer, Francis Dreyfus (mort en 2010) fut un indépendant dans un monde de majors. Éditeur de musique (40 000 morceaux à son catalogue) et producteur de disques, il a réussi à réaliser 55 % de son business à l'étranger, dans quarante pays différents...

Il a créé le label Dreyfus Jazz en 1991, avec Michel Petrucciani, Richard Galliano, Biréli Lagrène ou encore Marcus Miller. À son catalogue, on retrouve de grands noms, aussi bien dans la musique française (il fut notamment l'éditeur-producteur des albums « Oxygène » et « Équinoxe » de Jean-Michel Jarre, ou du chanteur Christophe) qu'étrangère. Il a importé en France David Bowie, T.Rex ou Cat Stevens, juste avant qu'ils ne deviennent des mythes, et a été l'éditeur de Miles Davis.

Ce gars-là était capable de passer des mois à chercher des chansons où Sinatra chante juste ou une semaine entière en studio pour retrouver le son exact de Charlie Parker...

Je le rencontrai dans ses bureaux du quartier de l'Étoile, scotché devant sa chaîne pour écouter la maquette d'une énième version de *Looking Up*, le tube de Petrucciani. L'Arc de triomphe et la tour Eiffel que l'on découvrait de ses fenêtres devaient beaucoup plaire aux artistes étrangers. Grand, costaud, cheveux blancs, gouailleur de naissance (né au Raincy « dans le 9-3 », précise-t-il, en 1940), Francis Dreyfus ne mâchait pas ses mots.

« Le dernier Sylvain Luc, l'album solo ? Il faut l'écouter plusieurs fois. Sylvain est un artiste, un vrai. Moi des musiciens de jazz, des bons, j'en rencontre des tas, il y en a beaucoup, mais ce que je cherche ce sont des artistes. Un artiste, ça... » Il fait un geste de la main, puis reprend, sèchement : « On me dit souvent "Francis t'es un chien". C'est vrai, je suis dur, mais quand on a signé Sylvain Luc, Philip Catherine et Biréli Lagrène, les autres guitaristes qui se pointent doivent être à la hauteur. Je suis un chien si l'on veut, mais c'est aussi parce que je n'ai pas que la musique dans la vie, j'aime aussi le cinéma, la peinture... »

Quand Francis Dreyfus parlait du jazz, c'était déjà du jazz. Un thème, une mélodie, avec ce qu'il faut de swing (« il vaut mieux dire *groove* aujourd'hui », sourit-il, en vrai petit malin) et d'improvisation.

« J'ai découvert le jazz un peu avant ma dixième année, avec mon grand frère. Comme tous les amateurs, j'ai été fou de Charlie Parker. Et puis des années plus tard, je me suis aperçu que je continuais à dire que c'était un génie... mais que je ne l'écoutais plus ! Alors j'ai posé des disques sur ma chaîne et je me suis demandé : Charlie Parker, finalement, pourquoi ça me plaisait ? En réécoutant cette musique des années après je me suis posé la question, franchement... Deux, trois morceaux, ça allait et puis après, il y avait quelque chose qui clochait. Le son. C'est ça qui clochait. »

Il récupère alors les morceaux qui sont tombés dans le domaine public — cinquante ans après leur sortie — et constitue « une sorte d'encyclopédie pour les gens qui n'y connaissent rien, mais qui puisse être aussi appréciée par les connaisseurs pointus » grâce à l'exigence de l'édition. Il y a beaucoup de travail derrière les jolies pochettes de

« Jazz Reference ». « Des copains » (dont Claude Carrière, le grand critique de jazz, producteur et musicien) doivent dénicher les vraies versions de référence de chaque morceau, belles, bien enregistrées et ne comptant que de très bons musiciens. Ensuite vient le travail d'un sorcier du son, René Ameline, qui va chercher sur l'enregistrement original des notes qui étaient restées cachées, puis qui va effectuer un travail de « spatialisation » pour donner de l'espace au son mono initial, puis mixer le patron… Bref, un boulot « pas raisonnable et pas rentable », expliquait Francis Dreyfus.

L'homme était sacrément fier de sa collection de disques qu'il écoutait quand il était gamin… Il voulait montrer que « c'est une musique vivante, le jazz, pas juste un truc qui était à la mode après-guerre ». Il a trouvé le son qui convenait, pas trop trafiqué quand même, « pas question de faire des films colorisés, moi je veux retrouver le noir et blanc d'origine et mettre l'auditeur au milieu du studio d'enregistrement, avec Earl Bostic, Lester Young ou Stan Getz ».

Le génie de Dreyfus fut de vendre de la musique de jazz de grande qualité qui puisse être appréciée de tous. Ça a marché avec Michel Petrucciani ou Richard Galliano, Marcus Miller ; ça a très bien fonctionné avec Biréli Lagrène et le come-back du jazz manouche, généreux et virtuose. Il y a donc un public pour la plus savante des musiques populaires, le jazz.

LA MUSIQUE SOIGNE

Je tenais à finir cet éloge avec Francis Dreyfus, pour une autre raison. Sa musique m'a, en quelque sorte, gardé en vie à la fin du XXe siècle. Ses disques m'ont permis de rester debout et de trouver de l'énergie pour avancer. La musique soigne, on le sait. Mais le jazz soigne *et* donne envie de danser, de se balancer, de marcher en rythme, de voler au-dessus du bitume. Galliano et son accordéon New Musette, ses albums comme un alignement heureux : « Spleen », « Viaggio », « Laurita » ou « New York Tango » furent ma BO des temps difficiles. *Vuelvo al sur*, le grand classique de Piazzola, ouvre l'album « New York Tango » de 1996. La mélodie est une des plus parfaites qui soit, mais Galliano et Lagrène tissent tout autour un voile magique de tendresse virtuose et de passion douce.

Écouter cette musique chaque semaine, parfois chaque jour, le tango jazz, le musette jazz, tous ces croisements généreux et profonds, appuyés et sautillants. Écouter encore. Retrouver la musique, s'y installer alors que le train quitte la gare et que chaque semaine la déprime détruit un peu plus le monde autour de vous... Tout ce qui reste, ce sont ces notes qui vous tiennent debout. Une sorte de rêve éveillé, une brume, un brouillard lumineux quand même, un nuage puissant qui vous soulève et vous entraîne.

Galliano, Philip Catherine, Petrucciani, Sylvain

Luc, tous artistes de Francis Dreyfus... Quand de tels jazzmen vous accompagnent, la vie devient tout autre. Votre partition n'est peut-être pas très harmonieuse, mais faites-leur confiance, ils sauront la rendre magnifique. Leur beat va vous soutenir. Leur swing vous fera balancer vers l'avant. Le son va vous emplir de bonnes vibrations, de chaleur... Je peux en témoigner.

Du fond des âges du jazz, du blues le plus archaïque, du spiritual le plus exalté présent dans chaque morceau, même les plus contemporains, remontera une énergie qui vous fera voir la vie autrement. C'est un secret bien gardé qu'il faut bien partager un jour ou l'autre. Entende qui pourra.

Le jazz est un bienfait venu d'Afrique, venu du malheur africain en Amérique, une alchimie mondiale unique transformant le malheur en beat. Un élixir magique parfaitement naturel à base de blues et de prières, de syncope et de Mardi Gras. Sacré mélange, mix sacré. Remixé d'âge en âge. Il est toujours là quand on en a besoin, il ne déçoit jamais celui qui s'y plonge. C'est la seule drogue qui vous rend à la fois accro et en même temps tout à fait *libre*.

Bibliographie :
mes livres de jazz

Jazz, André Francis, 5ᵉ édition, Paris, Seuil, coll. « Solfèges », 1966

Chroniques de Jazz, Boris Vian, texte établi par Lucien Malson, Paris, La Jeune Parque, 1967

Dictionnaire du jazz, Frank Tenot, Paris, Larousse, 1967

The Jazz Tradition, Martin Williams, Chicago, Mentor Books, 1971

Free jazz, black power, Philippe Carles, Jean-Louis Comolli, Paris, Champ libre, 1971

Bird Lives, Ross Russel, Londres, Quartet Books, 1973

Histoire du jazz et de la musique afro-américaine, Lucien Malson, coll. « 10/18 », 1976, rééd. Paris, Seuil, 2005

Jazz Is, Nat Hentoff, New York, Avon Books, Discus, 1978

L'aventure du jazz, James Lincoln Collier (2 tomes), Paris, Albin Michel, 1981

Straight Life, Laurie et Art Pepper, Marseille, Parenthèses, coll. « epistrophy », 1982

West Coast Jazz, Alain Tercinet, Marseille, Parenthèses, coll. « epistrophy », 1986

Hamp an Autobiography, Lionel Hampton & James Haskins, New York, Amistad Press, 1993

Dictionnaire du jazz, Philippe Carles, André Clergeat, Jean-Louis Comolli, Paris, Robert Laffont, coll. « Bouquins », 1994

Be Bop, Christian Gailly, Paris, Minuit, 1995

Monk, Laurent de Wilde, Paris, Gallimard, coll. « Folio », 1996

Un soir au club, Christian Gailly, Paris, Minuit, 2002

Louie, Alain Gerber, Paris, Fayard, rééd. Le Livre de Poche, 2002

Jack Teagarden. Pluie d'étoiles sur l'Alabama, Alain Gerber, Paris, Fayard, 2003

All my jazz. Figures et accords majeurs, Julien Delli Fiori, Paris, Le Cavalier Bleu, 2006

Twelve Bar Blues, Patrick Neate, trad. Sophie Azuelos, Paris, Intervalles, 2007

San Quentin Jazz Band, Pierre Briançon, Paris, Grasset, 2008

Le goût du jazz, textes choisis et présentés par Franck Médioni, Paris, Mercure de France, coll. « Petit Mercure », 2009

Miles. L'autobiographie, Miles Davis avec Quincy Troupe, trad. Christian Gauffre, Paris, La Table Ronde, 2017

1917 : voilà les Américains, sous la direction de Stéphane Barry et Christian Block, Bordeaux, Memoring, 2017

Sigma 1965/1996. Histoire d'un festival d'avant-garde, Emmanuelle Debur, Biarritz, Atlantica, 2017

Bordeaux, Jazz en France 1867-2017, Christian Sallenave, Talence, Bastingage, 2017

*La bande originale
du* Petit éloge du jazz
en 25 albums

« The Quintet — Jazz at Massey Hall », Charlie Parker, Bud Powell, Dizzy Gillespie, Charlie Mingus et Max Roach (Début Records)

« Jazz aux Champs Élysées », Jack Dieval (Emarcy coll. « Jazz In Paris »)

« Kind of Blue », Miles Davis (Columbia)

« Time Out », Dave Brubeck (Columbia)

« Mingus Ah Um », Charles Mingus (Intermusic)

« The Shape of Jazz to Come », Ornette Coleman (WP)

« Ellington at Newport », Duke Ellington (coll. « Jazz Legacy »)

« LXIX Original Dixieland Jass Band. The first jazz band », ODJB (Suiza)

« Word of Mouth », Jaco Pastorius (Warner Bros.)

« Mississippi John Hurt — The Complete Vanguard Studio Recordings » (MIS)

« Blues Power », Albert King (SBA)

« My Favorite Things », John Coltrane (Atlantic)

« Go », Dexter Gordon (Hallmark)

« Tutu », Miles Davis, Marcus Miller (RHINO Édition de Luxe 2CD)

« Innocent Bossa in the Mirror », Jun Miyake (Tropical Music)

« We See », Thelonious Monk (Dreyfus Jazz, coll. « Jazz Reference »)

« Old Places Old Faces », Joe Sample (Warner Bros.)
« East to Wes », Emily Remler (Concord Records)
« Djangologie vol.1, 2, 3, 4 et 5 », Django Reinhardt (Parlophone)
« The Village », Yotam Silberstein (jazz&people)
« You Must Believe in Spring », Bill Evans (Warner Bros.)
« Now Is the Hour », Charlie Haden, Quartet West (Verve)
« Seven Seas », Avishai Cohen (Parlophone EMI)
« Supersonic Plays Sun Ra », Thomas de Pourquery (Quasart/Quark Records)
« New York Tango », Richard Galliano, Biréli Lagrène (Dreyfus Jazz)

RETROUVEZ TOUS LES MORCEAUX,
LES ALBUMS CITÉS ET LES FILMS CITÉS
DANS CE LIVRE SUR LA CHAÎNE YOUTUBE
DU PETIT ÉLOGE DU JAZZ.

Avertissement 11

1. Introduction 15
2. Exposition du thème 25
3. Solo de saxophone et improvisation : une affaire de souffle 42
4. Solo de chant : star, scat, swing 55
5. Solo de trompette et compositions sans fin 65
6. Solo de vibraphone 75
7. Solo de piano 81
8. Solo de guitare : Emily Remler et autres météores 88
9. Solo de basse 94
10. Solo de batterie 99
11. Reprise du thème 105

Bibliographie : mes livres de jazz 113
La bande originale du Petit éloge du jazz *en 25 albums* 115

COLLECTION FOLIO 2 €

Dernières parutions

5351.	Marcus Malte	*Mon frère est parti ce matin...*
5352.	Vladimir Nabokov	*Natacha* et autres nouvelles
5353.	Arthur Conan Doyle	*Un scandale en Bohême* suivi d'*Étoile d'argent. Deux aventures de Sherlock Holmes*
5354.	Jean Rouaud	*Préhistoires*
5355.	Mario Soldati	*Le père des orphelins*
5356.	Oscar Wilde	*Maximes* et autres textes
5415.	Franz Bartelt	*Une sainte fille* et autres nouvelles
5416.	Mikhaïl Boulgakov	*Morphine*
5417.	Guillermo Cabrera Infante	*Coupable d'avoir dansé le cha-cha-cha*
5418.	Collectif	*Jouons avec les mots. Jeux littéraires*
5419.	Guy de Maupassant	*Contes au fil de l'eau*
5420.	Thomas Hardy	*Les intrus de la Maison Haute* précédé d'un autre conte du Wessex
5421.	Mohamed Kacimi	*La confession d'Abraham*
5422.	Orhan Pamuk	*Mon père* et autres textes
5423.	Jonathan Swift	*Modeste proposition* et autres textes
5424.	Sylvain Tesson	*L'éternel retour*
5462.	Lewis Carroll	*Misch-masch* et autres textes de jeunesse
5463.	Collectif	*Un voyage érotique. Invitations à l'amour dans la littérature du monde entier*
5465.	William Faulkner	*Coucher de soleil* et autres Croquis de La Nouvelle-Orléans
5466.	Jack Kerouac	*Sur les origines d'une génération* suivi de *Le dernier mot*
5467.	Liu Xinwu	*La Cendrillon du canal* suivi de *Poisson à face humaine*
5468.	Patrick Pécherot	*Petit éloge des coins de rue*

5469. George Sand	*Le château de Pictordu*
5471. Martin Winckler	*Petit éloge des séries télé*
5523. E.M. Cioran	*Pensées étranglées* précédé du *Mauvais démiurge*
5526. Jacques Ellul	*« Je suis sincère avec moi-même » et autres lieux communs*
5527. Liu An	*Du monde des hommes. De l'art de vivre parmi ses semblables*
5528. Sénèque	*De la providence* suivi de *Lettres à Lucilius (lettres 71 à 74)*
5530. Tchouang-tseu	*Joie suprême et autres textes*
5531. Jacques de Voragine	*La Légende dorée. Vie et mort de saintes illustres*
5532. Grimm	*Hänsel et Gretel et autres contes*
5589. Saint Augustin	*L'Aventure de l'esprit et autres Confessions*
5590. Anonyme	*Le brahmane et le pot de farine. Contes édifiants du* Pañcatantra
5591. Simone Weil	*Pensées sans ordre concernant l'amour de Dieu et autres textes*
5592. Xun zi	*Traité sur le Ciel et autres textes*
5606. Collectif	*Un oui pour la vie ? Le mariage en littérature*
5607. Éric Fottorino	*Petit éloge du Tour de France*
5608. E. T. A. Hoffmann	*Ignace Denner*
5609. Frédéric Martinez	*Petit éloge des vacances*
5610. Sylvia Plath	*Dimanche chez les Minton et autres nouvelles*
5611. Lucien	*« Sur des aventures que je n'ai pas eues ». Histoire véritable*
5631. Boccace	*Le Décaméron. Première journée*
5632. Isaac Babel	*Une soirée chez l'impératrice et autres récits*
5633. Saul Bellow	*Un futur père et autres nouvelles*
5634. Belinda Cannone	*Petit éloge du désir*
5635. Collectif	*Faites vos jeux ! Les jeux en littérature*

5636.	Collectif	*Jouons encore avec les mots. Nouveaux jeux littéraires*
5637.	Denis Diderot	*Sur les femmes* et autres textes
5638.	Elsa Marpeau	*Petit éloge des brunes*
5639.	Edgar Allan Poe	*Le sphinx* et autres contes
5640.	Virginia Woolf	*Le quatuor à cordes* et autres nouvelles
5714.	Guillaume Apollinaire	*« Mon cher petit Lou ». Lettres à Lou*
5715.	Jorge Luis Borges	*Le Sud* et autres fictions
5717.	Chamfort	*Maximes* suivi de *Pensées morales*
5718.	Ariane Charton	*Petit éloge de l'héroïsme*
5719.	Collectif	*Le goût du zen. Recueil de propos et d'anecdotes*
5720.	Collectif	*À vos marques ! Nouvelles sportives*
5721.	Olympe de Gouges	*« Femme, réveille-toi ! » Déclaration des droits de la femme et de la citoyenne et autres écrits*
5722.	Tristan Garcia	*Le saut de Malmö* et autres nouvelles
5723.	Silvina Ocampo	*La musique de la pluie* et autres nouvelles
5758.	Anonyme	*Fioretti. Légendes de saint François d'Assise*
5759.	Gandhi	*En guise d'autobiographie*
5760.	Leonardo Sciascia	*La tante d'Amérique*
5761.	Prosper Mérimée	*La perle de Tolède* et autres nouvelles
5762.	Amos Oz	*Chanter* et autres nouvelles
5794.	James Joyce	*Un petit nuage* et autres nouvelles
5795.	Blaise Cendrars	*L'Amiral*
5797.	Ueda Akinari	*La maison dans les roseaux* et autres contes
5798.	Alexandre Pouchkine	*Le coup de pistolet* et autres récits de feu Ivan Pétrovitch Bielkine
5818.	Mohammed Aïssaoui	*Petit éloge des souvenirs*
5819.	Ingrid Astier	*Petit éloge de la nuit*
5820.	Denis Grozdanovitch	*Petit éloge du temps comme il va*
5821.	Akira Mizubayashi	*Petit éloge de l'errance*
5835.	Francis Scott Fitzgerald	*Bernice se coiffe à la garçonne* précédé du *Pirate de la côte*

5836. Baltasar Gracian	*L'Art de vivre avec élégance. Cent maximes de* L'Homme de cour
5837. Montesquieu	*Plaisirs et bonheur* et autres *Pensées*
5838. Ihara Saikaku	*Histoire du tonnelier tombé amoureux* suivi d'*Histoire de Gengobei*
5839. Tang Zhen	*Des moyens de la sagesse* et autres textes
5856. Collectif	*C'est la fête ! La littérature en fêtes*
5896. Collectif	*Transports amoureux. Nouvelles ferroviaires*
5897. Alain Damasio	*So phare away* et autres nouvelles
5898. Marc Dugain	*Les vitamines du soleil*
5899. Louis Charles Fougeret de Monbron	*Margot la ravaudeuse*
5900. Henry James	*Le fantôme locataire* précédé d'*Histoire singulière de quelques vieux habits*
5901. François Poullain de La Barre	*De l'égalité des deux sexes*
5902. Junichirô Tanizaki	*Le pied de Fumiko* précédé de *La complainte de la sirène*
5903. Ferdinand von Schirach	*Le hérisson* et autres nouvelles
5904. Oscar Wilde	*Le millionnaire modèle* et autres contes
5905. Stefan Zweig	*Découverte inopinée d'un vrai métier* suivi de *La vieille dette*
5935. Chimamanda Ngozi Adichie	*Nous sommes tous des féministes* suivi des *Marieuses*
5973. Collectif	*Pourquoi l'eau de mer est salée* et autres contes de Corée
5974. Honoré de Balzac	*Voyage de Paris à Java* suivi d'*Un drame au bord de la mer*
5975. Collectif	*Des mots et des lettres. Énigmes et jeux littéraires*
5976. Joseph Kessel	*Le paradis du Kilimandjaro* et autres reportages
5977. Jack London	*Une odyssée du Grand Nord* précédé du *Silence blanc*

5992. Pef	*Petit éloge de la lecture*
5994. Thierry Bourcy	*Petit éloge du petit déjeuner*
5995. Italo Calvino	*L'oncle aquatique* et autres récits cosmicomics
5996. Gérard de Nerval	*Le harem* suivi d'*Histoire du calife Hakem*
5997. Georges Simenon	*L'Étoile du Nord* et autres enquêtes de Maigret
5998. William Styron	*Marriott le marine*
5999. Anton Tchékhov	*Les groseilliers* et autres nouvelles
6001. P'ou Song-ling	*La femme à la veste verte. Contes extraordinaires du Pavillon du Loisir*
6002. H. G. Wells	*Le cambriolage d'Hammerpond Park* et autres nouvelles extravagantes
6042. Collectif	*Joyeux Noël ! Histoires à lire au pied du sapin*
6083. Anonyme	*Saga de Hávardr de l'Ísafjördr. Saga islandaise*
6084. René Barjavel	*Les enfants de l'ombre* et autres nouvelles
6085. Tonino Benacquista	*L'aboyeur* précédé de *L'origine des fonds*
6086. Karen Blixen	*Histoire du petit mousse* et autres contes d'hiver
6087. Truman Capote	*La guitare de diamants* et autres nouvelles
6088. Collectif	*L'art d'aimer. Les plus belles nuits d'amour de la littérature*
6089. Jean-Philippe Jaworski	*Comment Blandin fut perdu* précédé de *Montefellóne. Deux récits du Vieux Royaume*
6090. D.A.F. de Sade	*L'Heureuse Feinte* et autres contes étranges
6091. Voltaire	*Le taureau blanc* et autres contes
6111. Mary Wollstonecraft	*Défense des droits des femmes* (extraits)
6159. Collectif	*Les mots pour le lire. Jeux littéraires*

6160. Théophile Gautier	*La Mille et Deuxième Nuit* et autres contes
6161. Roald Dahl	*À moi la vengeance S.A.R.L.* suivi de *Madame Bixby et le manteau du Colonel*
6162. Scholastique Mukasonga	*La vache du roi Musinga* et autres nouvelles rwandaises
6163. Mark Twain	*À quoi rêvent les garçons. Un apprenti pilote sur le Mississippi*
6178. Oscar Wilde	*Le Pêcheur et son Âme* et autres contes
6179. Nathacha Appanah	*Petit éloge des fantômes*
6180. Arthur Conan Doyle	*La maison vide* précédé du *Dernier problème. Deux aventures de Sherlock Holmes*
6181. Sylvain Tesson	*Le téléphérique* et autres nouvelles
6182. Léon Tolstoï	*Le cheval* suivi d'*Albert*
6183. Voisenon	*Le sultan Misapouf et la princesse Grisemine*
6184. Stefan Zweig	*Était-ce lui ?* précédé d'*Un homme qu'on n'oublie pas*
6210. Collectif	*Paris sera toujours une fête. Les plus grands auteurs célèbrent notre capitale*
6211. André Malraux	*Malraux face aux jeunes. Mai 68, avant, après. Entretiens inédits*
6241. Anton Tchékhov	*Les méfaits du tabac* et autres pièces en un acte
6242. Marcel Proust	*Journées de lecture*
6243. Franz Kafka	*Le Verdict – À la colonie pénitentiaire*
6245. Joseph Conrad	*L'associé*
6246. Jules Barbey d'Aurevilly	*La Vengeance d'une femme* précédé du *Dessous de cartes d'une partie de whist*
6285. Jules Michelet	*Jeanne d'Arc*
6286. Collectif	*Les écrivains engagent le débat. De Mirabeau à Malraux, 12 discours d'hommes de lettres à l'Assemblée nationale*

6319. Emmanuel Bove	*Bécon-les-Bruyères* suivi du *Retour de l'enfant*
6320. Dashiell Hammett	*Tulip*
6321. Stendhal	*L'abbesse de Castro*
6322. Marie-Catherine Hecquet	*Histoire d'une jeune fille sauvage trouvée dans les bois à l'âge de dix ans*
6323. Gustave Flaubert	*Le Dictionnaire des idées reçues*
6324. F. Scott Fitzgerald	*Le réconciliateur* suivi de *Gretchen au bois dormant*
6358. Sébastien Raizer	*Petit éloge du zen*
6359. Pef	*Petit éloge de lecteurs*
6360. Marcel Aymé	*Traversée de Paris*
6361. Virginia Woolf	*En compagnie de Mrs Dalloway*
6362. Fédor Dostoïevski	*Un petit héros*
6395. Truman Capote	*New York, Haïti, Tanger* et autres lieux
6396. Jim Harrison	*La fille du fermier*
6412. Léon-Paul Fargue	*Mon quartier* et autres lieux parisiens
6413. Washington Irving	*La Légende de Sleepy Hollow*
6414. Henry James	*Le Motif dans le tapis*
6415. Marivaux	*Arlequin poli par l'amour* et autres pièces en un acte
6417. Vivant Denon	*Point de lendemain*
6418. Stefan Zweig	*Brûlant secret*
6459. Simone de Beauvoir	*L'âge de discrétion*
6460. Charles Dickens	*À lire au crépuscule* et autres histoires de fantômes
6493. Jean-Jacques Rousseau	*Lettres sur la botanique*
6494. Giovanni Verga	*La Louve*
6495. Raymond Chandler	*Déniche la fille*
6496. Jack London	*Une femme de cran*
6528. Michel Déon	*Un citron de Limone*
6530. François Garde	*Petit éloge de l'outre-mer*
6531. Didier Pourquery	*Petit éloge du jazz*
6532. Patti Smith	*« Rien que des gamins »*

Composition Nord compo
Impression Novoprint
à Barcelone, le 10 juillet 2018
Dépôt légal : juillet 2018

ISBN 978-2-07-271102-2./ Imprimé en Espagne.

311850